故事里的中国印象

一生终于一事

读者原创版编辑部 编

甘肃文化出版社

甘肃·兰州

图书在版编目（CIP）数据

　　一生终于一事 / 《读者》（原创版）编辑部编 . --
兰州 : 甘肃文化出版社，2021.7（2024.12重印）
　　（故事里的中国印象）
　　ISBN 978-7-5490-2019-5

　　Ⅰ．①一… Ⅱ．①读… Ⅲ．①纪实文学—作品集—中
国—当代 Ⅳ．① I25

　　中国版本图书馆 CIP 数据核字（2020）第 100678 号

一生终于一事

《读者》（原创版）编辑部 | 编

总 策 划 | 马永强
项目负责 | 王铁军　郧军涛

策划编辑 | 刘　燕　祁培尧　高　原
责任编辑 | 史春燕
封面设计 | 马吉庆

出版发行 | 甘肃文化出版社
网　　址 | http://www.gswenhua.cn
投稿邮箱 | gswenhuapress@163.com
地　　址 | 甘肃省兰州市城关区曹家巷1号 | 730030（邮编）

营销中心 | 贾　莉　王　俊
电　　话 | 0931-2131306

印　　刷 | 三河市富华印刷包装有限公司
开　　本 | 690毫米 ×980 毫米 1/16
字　　数 | 165 千
印　　张 | 16
版　　次 | 2021 年 7 月第 1 版
印　　次 | 2024 年 12 月第 2 次
书　　号 | ISBN 978-7-5490-2019-5
定　　价 | 69.00 元

序言

时光不染，岁月流金。跨过历史的长河，我们追寻火红的足迹，穿过岁月的征程，我们拥抱伟大的时代。

时代，既是源自悠久过去、绵延至今的一段历史足迹，亦是以今为初始、朝蓝图进发的持续进程。发祥于黄河流域的中华文化，孜孜不倦，与时同行，已历经千百春秋，在不同的时期坚守，把握时代命脉，留下深刻烙印。

岁月的时光瓶，为我们沉淀成长的记忆，也为我们记录奋斗的足迹。人生只是弹指一挥间，虽然在时间维度上短暂，但我们不要忘了为自己的时代鼓掌。掌声中，时光的镜头已缓缓拉开，曾经的那些记忆随着时光慢慢浮现。

中华人民共和国成立以来，"扎根黄土地，亦取养于土地，食不可缺"的袁隆平埋首农田，躬耕不懈，以亩产破千的杂交水稻解决了有史以来最为棘手的粮食问题，使广大人民更有气力投身社会主义建设；"年过古稀未伏枥，犹向苍穹寄深情"的"牧星人"孙家栋刻苦钻研航天技术，从"东方红一号"到"嫦娥一号"，从"风云气象"到"北斗导航"，60多年来在太空升起数十颗星，以熠熠"北斗"为中华、为世界指引方向；"放眼浩瀚海洋，绘出一道道时代航线"的新青年叶聪将"蛟龙"从图纸化作潜海重器，直下千丈探索深海极限，使中国成为继美、法、俄、日之后第5个掌握大深度载人深潜技术的国家；"用愚公精神创造生命奇迹"的八步沙"六老汉"和他们的后人，先后治理荒漠近40万亩，筑成了一条防风固沙的绿色屏障，让风沙线倒退了15公里，有效地遏制了沙进人退的被动局面，他们凝聚的精神脊梁，撑起了八步沙的一片晴空，书写了一段悲壮、豪迈、可歌可泣的故事……

改革开放以来，中华民族逐渐在时代的激流中站稳脚跟，不惧博弈与竞争，屹立于世界民族之林。这盛世辉煌的背后，是无数英杰才俊、星火青年，将青春、血泪尽数挥洒，以愿景梦想绘制祖国蓝图。他们逆着时代洪流，将崇高的理想、追求融入爱国主义精神，以己身诠释着时代命题，代代传承，至于不朽。甘肃文化出版社与读者传媒期刊中心携手打造的"故事里的中国印象"系列丛书，以全方位展现中国共产党成立以来的辉煌成就为出发点，通过讲述大量充满温情、感人肺腑的中国好故事，大力宣传"时代楷模""最美人物"等先进典型，全面展现全国人民齐心协力实现中华民族伟大复兴的历史画卷，展现在党的正确领导下，民族独立、国家富强、百姓安居乐业，中国正式踏上实现民族复兴梦想的伟大征程。本丛书共 10 册，包括《锦绣河山万里》《追寻一缕时光》《丹心挥洒新愿》《盛世绘就梦想》《我为祖国代言》《一生终于一事》《福顺只须修来》《不忘初心归去》《岁月如此多娇》《家国处处入梦》。丛书里的每一本书都从一个小侧面反映中国共产党成立 100 年来祖国大地上的巨大变迁，用一个个温情的小故事来讲述普通人为之奋斗、为之拼搏、为之努力的人生。

《锦绣河山万里》收录了 41 位作者从不同的视角描绘的 41 座不同历史、不同个性的城市发展变迁历程，这 41 座城市各具特色，风格鲜明，映射出那一方水土孕育的独特人文风貌，更体现出国家日新月异的发展变化。

《追寻一缕时光》以大量真实、贴切、温情的经典故事，展现各行各业的代表人物对行业发展及自我生活工作经历的回顾，以小见大，以点到面，展现中华人民共和国发展繁荣的历史画卷。

《丹心挥洒新愿》讲述了祖国建设各条战线上开拓创新的动人事迹，展现了全国人民创新创业、奋发作为的历史画卷。

《盛世绘就梦想》收录 25 位从 1949 年起在各行各业有贡献、有影响、有成就的人物，他们是造就盛世辉煌的践行者和见证者，通过本书我们将引领广大读者一起触摸历史、展望未来。

《我为祖国代言》讲述在海外工作、学习的中国人心怀故土、矢志不渝的爱国情怀，展现一个个奋斗不息的人生历程，一个个充满爱和理解的家庭，讴歌积极向上的人生态度和爱国为家的良好传统。

《一生终于一事》选取《沙漠赤子》《破希望》《来自乡村的寒酸礼物》等35个故事为广大读者展示普通人摆脱贫困，争取幸福生活的奋斗历程。

《福顺只须修来》讲述新时期和谐忠厚、和顺亲睦的中国好家庭，倡导以爱齐家、以德治家的中国好家风。收录有《父亲和书》《外婆这样的女人》《浓淡父子间》《乖小孩》等几十篇带着浓浓亲情且有温度的文章。

《不忘初心归去》选取了三十余篇关于理想、关于奋斗的文章，展现了企业家、科学家、工人、教师等各行各业的人们坚守理想，矢志不渝，最终走向成功人生的故事。

《岁月如此多娇》通过一个个平凡人的小故事，带领读者走进他们的幸福，感受平凡生活中的温暖，展现新时期老百姓幼有所育、学有所教、劳有所得、病有所医、老有所养、住有所居、弱有所扶的幸福生活画卷。

《家国处处入梦》通过一个个渗入灵魂深处的小故事，展现中国人民矢志不渝的爱国爱家情怀，弘扬新时代的爱国主义精神。每个人的灵魂深处对于家国都有不一样的情感，对于军人，家国就是他们保卫的那片边疆；对于农民，家国就是他辛勤耕耘的那块土地；对于作家，家国就是他心中最美好的存在。

忆往昔峥嵘岁月，看今朝锦绣河山。回首中国共产党成立的 100 年，华夏神州留下了太多的变化奇迹。国家经济快速、平稳、健康发展，曾经的低矮、陈旧已经被眼前的崭新、繁华所取代，绿意婆娑的公园、鳞次栉比的高楼，商贾市集，车水马龙，一派勃勃生机。一个个梦想的实现，一份份成就的辉煌，无不彰显着每个人心中的"中国梦"。

时光恰好，岁月丰盈！让我们和这个时代一起绽放，也伴随着这片神奇土地不断成长。

本社编辑部

2021 年 5 月 20 日

目录 CONTENTS

沙漠赤子
——八步沙六老汉浴沙播绿记

◎ 高 凯

一代人，二代人，三代人……

在与"死亡之海"沙漠的持久鏖战中，一个英雄群体好像给自己的生命设定了倒计时，腾格里沙漠就是他们的时光沙漏；在他们的意志里，腾格里沙漠积累了多少时光，他们就会奋战多少岁月。

甘肃省古浪县八步沙林场是一个出好老汉的地方。这里的好老汉，一出就是六个，20世纪70年代末出了六个，90年代末又出了六个，而六个新老汉又在聚集；不仅如此，好老汉的身后还跟着好老婆、好儿女和好孙子，他们就像古时候那群移山的愚公，为了辟路而"子子孙孙无穷匮也"；不仅是八步沙林场，八步沙林场所在乡镇的老老少少男男女女都是治沙造林的好汉。

三代六老汉们，历经50年的艰苦奋斗，从沙进人退，到沙退人进，一步一步逼退了沙漠的侵袭。他们就像在画一幅幅神奇的沙画，在塑一座座美丽的沙雕，演绎了一代代人治沙造林的传奇。

在镇、县、市、省和国家林业局层层多次表彰之后，因为接力治沙造林成绩卓著，三代六个好老汉群体前不久又被中共中央宣传部授予"时代楷模"集体荣誉称号，成了家喻户晓全国闻名的好老汉。

真乃天道酬勤。

六老汉与六老婆

"古浪"之名，由藏语"古尔浪哇"音译而来，意为"黄羊出没的地方"。那么，今天的古尔浪哇还有黄羊出没吗？

我要去八步沙看六老汉。3月底，我刚结束凉州、民勤、古浪和天祝武威市一区三县的文学讲座之行回到兰州，就接到中国作协关于六老汉的采访任务，所以4月10日我又一路向西折回古浪。我不仅要写一篇报告文学，我还要给古尔浪哇写一首很美很美的诗。

虽然身在大漠，但古浪人不是一盘散沙。无数的沙子能抱成一团形成一片沙漠，39万古浪人就能抱成一团形成一个绿洲。而这一壮举，八步沙的六老汉做到了。

对于六老汉来说，"时代楷模"可是一个天大的荣誉，六个沙里淘金的老汉在沙海里淘出一枚金灿灿的奖章，这是他们做梦也想不到的事情。而且，第一次去首都北京、第一次坐飞机也让大家没有想到。

"我们没有做什么呀，我们只是想把家园守住，这个荣誉太高了！"

第一代六个老汉之一的张润元老汉的这一番话，可以说是代表了六个老汉获得"时代楷模"之后的一个共同心态，大家个个激动不已而又忐忑不安。张润元家我去了两次，他情不自禁地将着小山羊胡子说了两次。第二次说到高兴时，他还拿出了酒杯子要和我对饮。旁边的老伴罗桂娥见状，赶紧拿出一盘花生让我们下酒。说是他给我敬酒，其实是我给他敬酒呢。

三杯下肚，张润元老汉动情地说："那天在台上领奖，想到四个走了的老汉时，我还默默地念叨着告诉了他们呢。"

采访完几位在家的老汉后，当我提出采访程海老汉时，大家都说老人已经83岁了，听不见人说话，脑子还不清楚，建议我不要去了。迟疑了一下，我还是决定采访一下，哪怕见老人一面也好。果不然，在其儿子程生学家里见到老人时，发现他确实已经老态龙钟。老人这个样子，肯定还不知道六老汉最近几天在全国弄出的动静。这一情况被程生学证实后，我的心里很是难受，也十分着急。因为他紧挨着我坐在沙发上，我发现他老低头看我摊开放在茶几上的采访本，我才知道他识字，而且眼睛还能看见字呢。我立即兴奋起来，老人既然听不见，那就让老人看见，无法告诉走了的四位好老汉，但必须让活着的一个好老汉知道。于是，我灵机一动，在我的采访本里写下几行很大的字。他仔细看完后说："了不得，对我们（来说）了不得！"见他很高兴，我明知故问："高兴吗？"他说："高兴！"从程老汉家出来，我觉得自己做了一件了不得的事。

第一代六老汉唯一活着的好老婆——罗元奎的老伴隆栓菊，我也去采访了，说是采访，其实就是看望。老人也 83 岁了，但耳不聋，眼不花，腿还很硬朗，跟着儿子罗兴全住在六楼上，每天还能独自扶着楼梯下来又上去。问起六老汉获奖和儿子去北京领奖的事，她都知道，而且很高兴很自豪。说起去年刚刚去世的老伴，老人说了一句"那么早就走了"之后，就埋下头低泣了起来。见老人悲伤，我不敢再为难她。

最后赶回兰州采访郭玺时，我又听到关于六老汉的一个好消息：他们被中央电视台邀请赴京参加 5 月 19 日国际家庭日特别节目——《最美我的家》的节目录制。看来，六老汉这个实至名归的"时代楷模"，其内涵和价值已经被人们认识到。六老汉治沙造林，不是他们六个大男人个人的事，而是关乎身后一个大家庭生存的大事，离不开家里每一个人的理解和支持。正因为如此，在第一代好老汉之后，才有了第二代好老汉，以及紧随其后的第一代和第二代好老婆。那么，让我们期待在中央电视台听他们给世界讲述他们六个家庭治沙造林的故事吧。

下面，我们先一起看看六老汉的家谱：

好老汉郭朝明，已故，中共党员。1973 年至 1982 年在八步沙治沙造林。好老婆杨焕兄，已故，同期跟随其后。第二代好老汉郭万刚，系郭朝明长子，中共党员。1982 年接替父亲，现为八步沙林场场长。好老婆陈迎存至今紧随其后。郭玺，系郭朝明孙子、郭万刚侄子，2016 年进入林场。

好老汉石满，已故，中共党员，1981 年至 1992 年在八步沙治沙造林。好老婆于孕女，已故，同期紧随其后。第二代好老汉石银山，系石满次子，中共党员。1992 年接替父亲。好老婆任孕菊紧随其后。

好老汉罗元奎，已故，1981 年至 2002 年在八步沙治沙造林。好老婆隆栓菊同期紧随其后。第二代好老汉罗兴全，系罗元奎次子，2002 年接替父亲。好老婆朱存桂紧随其后。

好老汉贺发林，已故，中共党员。1978 年至 1991 年在八步沙治沙造林。好老婆任月英，已故，同期紧随其后。第二代好老汉贺中强，系贺发林三子，1991 年接替父亲。好老婆郭润兰紧随其后。

好老汉程海，1974 年至 2004 年在八步沙治沙造林。好老婆安富贵，已故，同期紧随其后。第二代好老汉程生学，系程海四子。2004 年接替父亲。好老婆银凤梅紧随其后。

好老汉张润元，中共党员。1981 年至 2016 年在八步沙林场治沙造林。好老婆罗桂娥同期紧随其后。第二代好老汉王志鹏，系张润元女婿，2016 年接替岳父。好老婆张孕旦紧随其后。

　　我之所以在这里详细列举这个名单，是因为觉得六个好老汉及其背后的好老婆他们都是这个时代的优秀人物，都应该被我们大书特书。而且，他们是一个完整的生命体，像沙漠里的一个绿色部落，不可分割。

　　六老汉谓之老汉，其实一些老汉并不怎么老。第一代六个老汉都留着山羊胡子，美髯飘飘，堪称老汉，按照武威民间的习惯应该是六个爷了。第二代六个老汉，虽然只是到了中年或壮年，但八步沙的风沙之刀已经把他们雕琢得有点苍老了。为了和他们父辈的称呼一致，也为了那么一点亲切感，我们还是把他们都称作老汉吧。苍老是他们的英雄本色，不能随便将之改变或淡去。至于正在聚集的第三代，如郭玺、郭翊、贺鹏以及八步沙林场几个年轻的工作人员，虽然是孙子辈而且还都十分年轻，但命运使然，且岁月和风沙无情，我们终究还是要叫他们"老汉"的。

　　嗨，六老汉，六老汉，我们的好老汉！

新墩岭与沙尘暴

　　在地球上，占陆地面积 20％ 的沙漠有着博大精深而又雄奇的沙漠文化。直到 20 世纪五六十年代，在腾格里沙漠里还流行着一种沙浴的习俗。那时，因为卫生条件落后，孩子出生之后都要放在热热的沙子里滚一滚，以驱赶孩子身上的湿气。沙浴就是沙疗，不仅是初生儿，即使大人得了感冒，或是类风湿关节炎，经过一番沙疗，就会排除体内的湿毒。出生于那个时期或成长于那个时期的人，当然都接受过沙浴的洗礼，六老汉恐怕也不例外。

沙浴习俗的精神内涵和文化寓意，是六老汉沙漠传奇人生的生动体现，其对常年在地窝子里钻出钻进的"沙老鼠"们来说，就是浴沙而生。

沙漠是怎么形成的，孩子们看的《十万个为什么》一书中已经有答案了，这里无须回答，但八步沙治沙造林的六个老汉是怎么形成的，却是一个必须回答的问题。

没有新墩岭就没有八步沙。八步沙林场场长郭万刚告诉我，八步沙林场最初诞生于新墩岭。20世纪60年代，因为人为对植被的破坏，再加上天旱少雨，沙尘肆虐，粮田大面积失守。一天，在与八步沙一河之隔的新墩岭一块旱地里，父亲罗朝明意外发现一个奇迹：没有草的地方麦苗一株无存，而有草的地方麦苗也绿旺旺地活着。生命的这个细节，让父亲喜出望外，其所展示的道理让父亲幡然醒悟：那就先把草种上，把树栽上，然后再种上庄稼。父亲理解，所谓植被，就是土地的绿被子，由植物们用自己的根根、枝枝和叶叶编织而成，离开了这个绿被子，土地就死了。林场要想生存，必须首先恢复植被。父亲那辈子人，有了认识，就会有行动。第二年一开春，父亲就与土门队的罗文奎（罗元奎兄）、和乐队的程海等人带着林场的群众，从土门林场购来8万多株树苗，一口气栽在新墩岭周围的风沙前沿上。第二年，60%的成活率又激励父亲迈出了大胆的一步，他辞去了生产队长一职，承包了新墩岭这块弃耕还林的土地，建起了一个林场。一开始，父亲只带着两个人，后来发展到七个人。而到了不毛之地八步沙，虽然殁的殁，病的病，退的退，但总有人跟上来接替，最后还是六个人。郭万刚说，到了1981年，自己被病倒的父亲从供销社拽回来接替父亲上阵，还是六个人。六个刚好，一个地窝子能睡三个人，六个人正好两个地窝子。

六老汉就是这么来的，很简单。不仅仅是六个老汉，六个老汉身后还跟着六个老婆。郭万刚的老伴陈迎存和郭万刚是一个村的人，17岁时就和郭万刚跟着公公和婆婆栽树了。她的父母虽然不在六老汉之中，但也跟着六老汉栽了一辈子树。回忆起被沙漠化的青春岁月，陈迎存说，风沙大的时候，人在田间劳动，面对面都看不清对方的面孔。而地里的庄稼，刚一长出来就被风沙拔掉。老天不让种庄稼，大家只好去栽树。每一天，自己要挖一千个窝窝、栽一千棵树树，用麦草压下的树都是不怕风沙的柠条、梭梭和花豹。种树离不开水，八步沙没有水，家家就赶着一头毛驴从土门镇拉。不只是年轻时栽树，陈迎存一直到有了孙子才停了下来。郭万刚之子郭翊虽然没有进入林场，但在土门镇另外一个治沙企业任职。郭翊对爷爷栽树还有印象。他记得，天不亮爷爷就要背上干粮步行七公里去林场。到了父亲治沙的时候，已经有了自行车，父亲每天把干粮往自行车上一挎就出发了。而他从10岁就开始经常给父亲送衣服什么的。他清楚地记得，那时候没有电，到了晚上，林场一片漆黑，风沙把父亲住的土坯房吹得瑟瑟发抖。作为林场领导，又是党员，父亲无疑是林场的"大个子"，天塌下来都要父亲支撑，父亲的压力当然最大。记得，自己半夜起来，经常会看见父亲一个人坐在炕上默默发呆，那个样子让人很是心疼。

这一对母子的讲述，给我描绘出一幅八步沙人抗击风沙的风情图。

在八步沙林场，我看到了一个《八步沙林场造林碑记》，还看到了一个《五五沙尘暴警世钟铭》。前者，记述了六老汉治沙的功绩，后者则铭刻着一场夺去了古浪县23个孩子生命的沙尘暴。那是1993年5月5日17时，一场突如其来的沙尘暴像一面通天接地的"尘墙"铺天盖地淹没了整个古浪……这是古浪的一场劫难。包括六老汉在内的全体古浪人，在这一场持续了近两个小时的沙尘暴中没有后退半步，而六老汉是中流砥柱。当时，六老汉都在八步沙看林子，大家都成了沙雕一样的人儿。六老汉可能就是经过这一场巨大的"沙浴"而成为英雄群雕的。

这场劫难究竟给古浪人留下了多深刻的记忆？劫难之前的人肯定记得，但劫难之后的人是不是知道不得而知。这是一个重要的问题，关乎一场持久的生命接力，我必须搞清楚。为了找到答案，我特意走进了古浪一中，以集体座谈的形式采访了30多名高中学生。对于我的一系列问题，大家七嘴八舌，说得很是精彩。令我欣慰的是，尽管远远出生于那场沙尘暴之后，出生后也没有见过一次沙尘暴，但那场劫难孩子们都是知道的。当然，他们也知道，是以六个老汉为代表的治沙造林的前辈们为自己守住了一条生命线。不难理解，他们都想走出古浪，但对于六个老汉，孩子们的感恩之情溢于言表。而且，我发现孩子们已经懂得向崇高的事物致敬。

八步沙风沙大，是因为古浪常年只吹西南风。在古丝绸之路上，古浪是一个地理要冲，当然也是风沙的关口，古浪人的绿洲无疑卡住了风沙的咽喉。古浪曾经有两条风沙线，一条是从白银市景泰县到武威市的 308 公路，一条是从武威到宁夏甘塘的甘武铁路。从前沙进人退时，黄沙漫道，两条线上都是护路队；后来人进沙退时，绿树成行，两条线上就看不到护路队的影子了。而八步沙林场还给古浪奉献了一条美丽的风景线，那就是站在 316 省道古浪段 28 公里两边的杨树林。这些树都是八步沙人栽的，没有让政府掏一分钱。

千真万确，"五五沙尘暴"之后的这 26 年里，古浪再也没有发生沙尘暴，只是时常还会出现一些沙尘天气。这意味着，不毛之地八步沙正在变成绿洲，而腾格里大沙漠里的沙子正在流失。

一口井与沙喜鹊

八步沙的绿洲源自一口深沉的水井。

成语"背井离乡"，道出了中国人一个重要的乡土观念：一口水井就是故乡，水井与故乡一样重要。山西洪洞大槐树下肯定还有一口老井。有一口老井，那么多远走他乡的人才被称为"背井离乡"。

20世纪90年代末，林业政策断线了，没有了资金扶持，加上天旱少雨，吃粮种树都成了问题，八步沙林场被逼到一个生死存亡的艰难境地。尽管如此，大家还得把树林子管好。而且，要守住林子，必须守住林场。

古浪年平均降水只有300毫米左右。在八步沙，水就更稀缺了。有一件关于水的事，让罗兴全的心里至今难受着。11岁的一天，他在林场看父亲做饭，一只渴极的老鼠突然跳进了做饭用的水盆里，但父亲发现后并没有把水倒掉，而是把死老鼠拎出来扔了。那时他还不懂事，就问父亲老鼠能吃吗，父亲肯定地回答能吃。他后来才明白，老鼠是不能吃的，但是那盆水人必须要吃掉。

打井吧！打井吧。水是生命之源，没有水，不但林场里的树没有希望，林场人活命也有了问题。于是，在还没有成为老汉的场长郭万刚的带领下，第一代老汉张润元、罗元奎、程海与还没有成为老汉的贺中强、石银山几个人一合计，决定在村子里打一口井，以水养人养树，闯过眼前的难关。

一分钱也没有，咋办？求人借吧！郭万刚、张润元通过各种关系争取来了12万元贷款。也许是看到了老汉们的执念，半个月之后，县上在八步沙召开了一个现场办公会，坚决支持八步沙林场"以土地养林子"的做法。这"土地"指的就是打井和流转土地。

开始了，1997年7月，六老汉带着村子里的青壮年劳力开始平地打井了。不难想象，在临近沙漠的地方打井是多么艰难。但是，六个老汉运气不错，经过半年时间断断续续的人工苦干，他们居然在 155 米深的地方看到了水，然后又采取机械冲了 50 米，最后终于打出一口 205 米深的水井。井底见水的时候，把水吊出井口的那一刻，八步沙人那个高兴的样子，也不难想象！

为了这一口救命井，六老汉都豁出去了，而贺中强差点把命搭上。那一年他 28 岁，因为年轻力壮，总是在井下面出苦力。农历正月初八，掘进到 160 米的时候，为了取花管上的一个吊钩，他脚下一滑失足掉入井里。他命真大呀，人虽然没有摔伤，但在黑暗的井下昏迷了 5 个多小时才被救上来。大家都想瞒着他家里人，但晚上妻子郭润兰看他的脸色不对劲，煞白煞白的，一追问才问出了实情。妻子当场就哭了。给我说这件事的时候郭润兰又哭了。男人们打井，女人们除了整天提心吊胆，家里还有一大堆事等着呢。而张润元的妻子罗桂娥还义务在工地上给大伙做了一个月的饭。

这一口井，是生命之源的出口，也是生命之根的入口，它不但解决了周围 2503 人的饮水问题，还使八步沙的那些树林子焕发出无限生机。一些人还种了西瓜，西瓜熟了后，几个老年人嘴里吃着西瓜，还是不相信自己的地里长出了西瓜。

有了第一口井，就有了第二口、第三口……如今，在第一口井的周围，已经有 11 口井了。第一口井打出来之后，这个原来没有一户人住的地方，也陆陆续续住上了人。六个老汉当然也搬来了。而且，有了这么多的生命之源，人们再也不想背井离乡了。贺中强在银川打工的儿子贺鹏，在新闻里看到六老汉的事迹之后，因为对父亲的崇敬和对故乡的眷恋，毅然放弃一份工资优厚的工作，带着妻子张燕芳返回八步沙。父亲已经老了，他们决心接替父亲治沙造林。孩子返乡，让贺中强心里很高兴。

沙子是喂养沙漠人心灵的小米。古浪人的眼里也能容得下沙子了。贺中强说，以前沙子是仇人，现在沙子是朋友，坐在沙子上总是喜欢把沙子用手抚平，写上一会儿字呢。在林场 28 年，老贺以沙作纸，写了 20 年字，都快成书法家了。六老汉可不是光会栽树的好老汉，除了练书法的贺中强，还有写诗的郭万刚和吼秦腔的石银山。六老汉之外也有能人呢，石银山媳妇任尕菊和程生学媳妇银凤梅送我的两双自己做的鞋垫，就很有艺术性。而在庵门村，我欣赏了由钟长海等 6 位古浪老调演奏者自编自演的《八步沙六老汉》，曲调甚是欢快，感人心肺。

八步沙成就了六老汉。最近，六老汉因为到处巡回演讲而忙得不亦乐乎。我从兰州追到八步沙，又从八步沙追到兰州，才把一个个治沙大明星采访完。

不过，八步沙的未来无疑属于未来的六老汉。八步沙的沙子也会变成金子。八步沙林场已经开始产业化。郭万刚说，八步沙林场就像一个绿色银行，所积累的资金全部会用于绿色产业。比如，今年流转的 12000 亩土地将全部用来栽种凌梭和嫁接苁蓉。他说的这些已经开始实施，在一片一望无际的沙土地里，我看到了一群人和四台拖拉机热火朝天劳动的场面。

在兰州，我向郭玺求证了他说给记者的一句话："我不知道大海是什么样子，但我们要把八步沙的沙海变成花海。"从今年开始，他们计划在 308 省道旁边种 3000 亩熟菊花，给八步沙造一个花海。郭玺的梦想快成真的了。从黄河引水的水渠，已经像一列望不见首尾的火车一样从景泰开进了古浪大地，八步沙大面积的植被完全实现滴灌即将成为现实。

进出八步沙，我不但看到了大片大片压着梭梭和柠条的方草格，还仿佛看到了未来花海微微涌动的波浪。在车子所经过的沙滩上，遍地都是已经泛出绿意的灌木，有黄芪柴、沙冰草、沙米、红沙、苦豆草、沙霸王，等等。这些草木都会在八步沙开花，而沙霸王已经率先露出一种淡黄色的花尖尖儿。因为生态改变，一个生物链正在形成，听说地上还有了老鼠、兔子、野鸡、野猪，当然还有黄羊。至于天上，则有了沙喜鹊和老鹰。一抬头，真的有一只鹰从我的头顶滑过去呢。沙喜鹊此前我不认识，看着它们一只只紧贴着树丛闪电一样地飞，像照相机咔嚓咔嚓地鸣叫，不知其为何鸟，才打听了一下它的名字。沙漠里有沙喜鹊，村镇里多花喜鹊。我在土门镇住了一夜，第二天早上徒步前往八步沙林场时，沿途的树梢、电线上都是叫喳喳的花喜鹊，令人心情愉快。喜鹊报喜。不论是沙喜鹊，还是花喜鹊，它们都是喜鹊，都是亲近八步沙的吉祥鸟。

在六老汉的头顶，还飞来了另一只"吉祥鸟"——无人机。我在八步沙采访六老汉的时候，一家新媒体的一架无人机也惊艳地飞临我们的头顶，深情地鸟瞰六老汉所经历的"沙场"。看见这架无人机，我才忽然反应过来，之前掠过头顶的那一只雄鹰，可能就是被这只陌生的铁鸟儿惊飞的。我真羡慕它们的高度，在高处俯瞰一次眼前的勃勃生机，该是多么惬意的事情！大自然的一只猛禽与人类的一个飞行器在八步沙相遇应该是一个历史性事件，因为它们俯视的都是同一个奇迹的发生地，以及八步沙的主人——沙漠之子六老汉。

卑微而伟大的六老汉，既是时代的基石，又是民族的脊梁，我们向六老汉这样的时代楷模致敬，其实就是同时在向我们的基石和脊梁致敬。在古浪县城采访时，听县委宣传部的同志说，县上正在酝酿在八步沙给六个老汉立一个青铜群雕，已经从省上请来了一位雕塑家给六老汉画了肖像。这一英雄般的待遇，无疑是六个老汉今世最大的荣耀。

对此，我充满期待，一旦六老汉的青铜群雕在八步沙落成，我一定要去和古浪人一起给他们致敬。

古尔浪哇的黄羊我没有见到，但我见到了黄羊失而复得的故乡。令人欣慰的是，远去的黄羊正在回望并回归自己的土地。如此，我们是否可以这样认为——在古浪，我们已经开始向大自然归还自己在历史进程中攫取的自然文明？

在大自然面前，平凡的六老汉是人类的智者。他们不但给我们挡住了沙漠，还给我们奉献了智慧。若要发展，必须首先生存，而生存下来才能发展。道理就这么简单。

不是矫情，这次古浪之行，对于我是一次心灵之旅；而这次写作，对于我的文字无疑是一次精神洗礼。我深深感到，作为一个诗人，面对古浪八步沙六老汉这样一群对治沙造林饱含深情又饱经风霜的时代楷模，仅仅叙事是远远不够的，抒情才是一个诗人的最终目的。其实，一踏入八步沙，一见到六老汉，最先触动我的就是一个诗人的心弦和灵魂，所以我首先写出来的是一首题为《喜看古浪的六个老汉沙里淘金》的长诗。此诗在几个公众号发出来以后，本人及古浪乃至省内一些朋友在朋友圈广泛转发，引起了许多人的关注，其动力当然是情感的共振共鸣。

而且，这首颂诗就是这篇报告文学的立意，它不仅为我随后写作这篇报告文学定下了感情基调，还为其打下了思想基础。因此，这首诗也就是这篇报告文学不可或缺的诗性注释。那么，请允许我最后在此诵读这首长诗，也请读者跟着我一起朗诵——

命里的沙子
坚韧又纯净的沙子
是可以用来给人沐浴的
腾格里沙漠是古浪人的沙浴池
八步沙今世六个初生儿的一次沙浴
让六个老汉欢天喜地
个个幸逢盛世
古尔浪哇
古尔浪哇

六个老汉都是好老汉

六个好老汉背后还有六个好老婆

而且六个老老汉还带来了六个新老汉

六个新老汉背后又有六个新老婆

一群好老汉和一群好老婆

一把稻草一棵树

把大漠飞沙 压在身下

古尔浪哇

古尔浪哇

有谁知道

人世间那些背井离乡的人

为什么会背井离乡吗

那些人是失去了一口井才离乡的呀

八步沙的六个老汉

今世没有被沙尘暴赶走

就是因为用一口井留住了自己

一口深深的水井

蓄满了乡愁

古尔浪哇

古尔浪哇

祁连山近在咫尺

但古浪人只能遥遥相望

邻县天祝雪水丰沛的马牙雪山

一直让古浪人望眼欲穿

沙连着沙根连着根

古浪人也爱把民勤人叫沙老鼠

其实八步沙的六个老汉

也是浴沙而生的一窝沙老鼠

六个老汉一辈子

看上去最爱的是沙子

其实真正爱的

还是小米

古尔浪哇

古尔浪哇

看呀

六个好老汉

逼退了一个大沙漠

正在带领古浪人沙里淘金

像在画一幅美丽的沙画

六个好老汉一心要把沙海变成花海

把那些沙丘变成金山银山

让家乡变成青山绿水

把前世梦见的

变成真的

古尔浪哇

古尔浪哇

六个好老汉

是古浪的沙漠之子

古浪就是传说中的古尔浪哇

古尔浪哇就是那个黄羊出没的地方

古浪头戴风沙腰缠绿洲脚蹬滋润的土山

一副坚决改变贫困面貌的样子

被回首的黄羊们看见了

远远地看见了

古尔浪哇

古尔浪哇

也许我现在没有能力报答，

但我每天临睡前的最后一件事和起床的第一件事，

就是向那些名字说一声"谢谢"，

是他们让我觉得这个世界并没有冷透。

一生终于一事 /

破希望

◎ 曾 颖

　　在公益界多年，自认为见过的苦难与悲伤场景已经足够多了，但在经历了两个多小时手脚并用的跋涉，站在阿静家的几间破房子前时，我仍然被眼前的场景震住了。

　　房子背靠悬崖一字排开，屋后是一眼望不到顶的崖壁，屋前是看不见底的深渊。从堂屋正中央往外冲，八步之内，必可粉身碎骨。

　　房子虽然有五间，但真正瓦片齐全的只有三间。一间是堂屋，里面放着这个家八成以上的家具，无非是几张腿脚并不齐整的桌凳，以及筲箕、背篓之类。唯一还算完整的是一张紫红色的沙发，上面坐着患尘肺病多年的父亲，他说他每天至少有三次在想着要不要从门前的悬崖上跳下去。但他没有这么做，唯一的理由，是不忍心让阿静变成孤女。阿静曾无数次对他说："你不是我的负担，而是我的希望，是我活下去的理由！"跟许多尘肺病患者的子女一样，阿静的梦想是考上医学院，毕业后当医生，为爸爸妈妈治病。

就在阿静为梦想冲刺的高考前夕，她同样患尘肺病的妈妈，扛不住越来越沉重的呼吸，悄然离开了人间。这使得一向稳居全年级前三名的阿静，高考成绩一落千丈，甚至连专科线都没上。妈妈和爸爸是为了给她挣大学学费而去矿场打工落下病的，如今对于那个梦想，她却无能为力了。

匆匆为母亲办完丧事之后，阿静不顾老师和同学们不舍的目光，一抹泪去了一家乡村幼儿园。她之所以没去工资更高的镇上或县里，是因为丢不下生病在家的父亲。每天出门前，她都会做好饭菜，放到父亲触手可及的地方，告诉他，他是她的希望，只要他还在，自己就有归处，如果他敢跳下悬崖，她也会跟着跳下去！

"你见过这么破、这么烂的希望吗？"面容清瘦的父亲热泪纵横地冲我们问出这句话，相信这句话在他心中已自问无数次。

"再卑微的希望也是希望，一如暗夜里那一点点微弱的星光。"我想这么回答他，但又觉得太文艺、太多余。因为这一年多以来，他每天坚持以尽量轻松的表情等待女儿回家，并且一改往日的决绝，不再抗拒志愿者的到访和援助，这些都表明了他比我更明白这个道理。

阿静家的另外两间房，一间是厨房，一间是阿静的卧室。请原谅我用了"卧室"这个文绉绉的词，事实上，这就是一间用来睡觉的破屋子，土砖垒成的"床"上，放着一床旧被子，被面上有补丁，但还算干净。床面是用再生棉絮铺成的，这种棉絮是用旧衣服分解而成，还保留着花花绿绿的色彩。

这里没有一件女孩子的房间里应该有的东西，比如布娃娃、花衣服、鲜花，甚至没有梳子和镜子。

但这个房间与我们去过的另外一些旧房子又有些不同——它虽然旧，但并不脏乱破败，地上没有垃圾纸屑，墙上也没有蛛网灰尘。最令人惊异的是床铺上靠墙摆放的两排书，一律书脊朝外，整整齐齐。那是阿静多年来用过的课本和笔记，是这个家少有的看起来有新色的东西。

墙上还贴着一张纸，上面整整齐齐写着许多名字，那些都是妈妈生病和去世时来帮助过他们的人，无论是送过一碗面，还是挖过一抔土，她都一一郑重地写下他们的名字。阿静说："也许我现在没有能力报答，但我每天临睡前的最后一件事和起床的第一件事，就是向那些名字说一声'谢谢'，是他们让我觉得这个世界并没有冷透。"

阿静是所有受资助的学子中唯一一个我们还没有见到本人就决定要援助的对象。大家的选择高度一致，不是因为她贫穷的现状，而是因为她对未来抱有的那份善意和希望。她也没有辜负大家的信任，在补习了一年后，顺利地考上了医学院，并于最近拿到了医师执业资格。

阿静说要把头半年工作攒下的 5000 元钱捐给助学基金，希望能够帮到像她一样的贫困学子。她的父亲在得到稳定的生活来源和治疗之后，生活已经可以自理，偶尔还能上山采点儿花椒、果子挣钱。他再也不用每天寻思着要不要从悬崖上跳下去了，自从他家从悬崖上搬下来之后，悬崖已被他从脑海中狠狠地抹去了。

　　这一切，皆源于那个破希望！

来自乡村的寒酸礼物

◎ 曾 颖

许多久未谋面的朋友，再见面常会问我："你为什么跑去做公益了？"在他们看来，凭着我这么多年走南闯北积攒下的故事，去做内容创业之类的事，也算有前途；临近人生的下半场，却跑到一个并不熟悉和擅长的领域里去扑腾，实在是有些不好理解。

老实说，我并不是一个精于规划的人。半辈子磕磕绊绊的经历，也让我明白"变化比计划快"的道理。因而，让我对自己凭本能做出的选择做一个理性的分析，确是一件颇费脑筋的事。

一个原本不是问题的问题，被反复问，就会让人忍不住去想，于是最终变成了问题——是啊！为什么呢？

隐约中，我觉得诱因是有的，只是不确定哪一个是主要的。但在诸多原因中，有一件小事总在我的头脑中反复闪过。

那是几年前，我应邀去参加一所小学的主题班会。这所位于三环路内的主城区重点学校，在与一所偏远山区的小学"手拉手，结对子"——两地的小朋友们相互建立联系，互赠礼物，写信交流。

我到教室的时候，正赶上小朋友们在拆来自远方的包裹。包裹里装着乡村的孩子们为他们精心准备的礼物，有画在树叶上的画，有用石头刻的小玩意儿，还有木头做的微缩板凳，以及他们在校园大树下的合影——全校总共 23 个人，比城里学校一个班的人还少，但每个孩子的脸上，都挂着灿烂的笑容。

礼物中有两个小玩具，一个是半新的蓝头发娃娃，一个是陀螺。看到玩具，班里的同学开始窃窃私语，面露讪笑之色，细问方知，这些小玩具是卖一两元钱的小零食里的赠品。有孩子说："我们送他们新书、新玩具，他们送我们这个，是不是太抠门了？"

一个小男孩从包裹里拿出一个带着金属链子的小吊牌，说："居然还有裤子上的商标牌！"

大家一哄而上，仔细辨认。没错，那确实是一个商标牌。

孩子们顿时哗然，嘲弄、鄙夷与不屑的表情涌上面孔。

这样的场景，显然不是我想看到的。看着桌上被当成笑话的几件礼物，我心中莫名地有一种被电击的感觉——这几件被嫌弃的礼物，也许是那些乡村小孩能拿出的最好的礼物。

之后的半节课，我给孩子讲了关于礼物和情义的故事。我告诉他们："那些身在遥远山区的小朋友们并非小气，他们也许是把自己能得到的最好的东西送给了你们。这些你们嫌弃的劣质玩具和商标吊牌，说不定是他们难得回一趟家的爸爸妈妈带给他们的，是他们最宝贵的东西。这些东西，从城市到乡村，也许要坐几天的火车、汽车，甚至拖拉机。就如同你们在城市里种出的最好的一株小树，跟他们山中的任何一株小树都没办法比。"

孩子们似乎明白了一些，眼神渐渐平和了，开始商量如何回信、下一次寄送什么礼物。他们要把自己最喜欢而不是最贵的礼物，送给山区的小朋友。

这件事虽然过去了很久，但带给我的刺激很大。我从中看到了城市和乡村巨大的物质与非物质的差距。在这个"素质考试"动辄考钢琴有几个键、无人机的操作原理、蓝山咖啡与猫屎咖啡的区别的时代，还有孩子将裤子上的吊牌当作最漂亮的饰物、最珍贵的礼物，他们输的岂止是起跑线？

工业设计新秀、洛可可设计公司的创始人贾伟当年报考设计学校时，面对这样一道难题：在黑板上画 6 支不一样的手电筒。他画不出来，成了众人眼中的笑话，险些被学校拒之门外。而他后来以超出常人的勤奋，打破了眼界局限，成为中国工业设计领域的代表人物。

但并不是所有的乡村孩子都有这种毅力和幸运。我见到大量的农村孩子不知道城市的高楼里是不需要烧柴的，不知道从银行ATM机里取钱是要插卡的。我甚至听到过、看到过他们把酱油当可乐，用从爷爷奶奶那里学来的偏方喝石灰水治胃病，把一本旧书翻到烂，他们说如果一年能和妈妈待一个月会高兴得死掉……

现在流行说格局，认为成就来自于格局，而格局来自于眼界。

我发现一个普遍的规律，乡村的孩子越小，与城里孩子的差异就越小，而随着年龄的增长，差异会越来越大。

差异，就来自于阅历和见识。

我参与公益的初心，也许就源于此——把外面的书、信息以及有见识的人，带到偏远的乡村，在乡村孩子闭塞的精神世界里凿一个小洞。这些说着容易做着不易的事，是我为自己出的人生下半场的试题。

妈妈能看见

◎ 曾 颖

小零是我在广西一所乡村小学认识的留守儿童，10 岁，读三年级，是不多的几个主动找我要 QQ 号码的男孩子当中的一个。山里孩子腼腆，男孩比女孩更甚，他是鼓了很大的勇气才向我提起的。当时，我正坐在桂花树下吃饭，没带笔，他就随手捡了一块石头，把号画在上面，抱着，像捡到宝一般高兴地跑了。

和别的孩子加了 QQ 之后，或与我聊作文，或求我教画画、撒娇要红包不一样，小零加我，也如他平常的风格一般，怯生生的，静悄悄的。直至某一天，他小心地发来一段语音，我才辨认出是他。其时，我已在千里之外的四川，但捧着石头蹦跳着消失于路尽头的他，又一次鲜活于眼前。

我们寒暄了两句，他突然问："那天你给我们拍的视频，会在电视上放吗？"我说不会，我拍视频只是用来做视频资料。他有些不甘心，又问："网上，网上可以放吗？"我说："网上倒是可以。"

他停了片刻，说："那很好，你们是北京来的，影响大，看到的人多。"——因为支教活动的主办单位在北京，孩子们以为我们都来自北京。

一个每一次镜头过来都会脸红的小男生，居然像花钱打广告的"土豪"那般在乎视频的去处，这让我有点好奇。

我故意逗他："拍视频时，你们东躲西藏，现在又在乎视频会不会播出，有点太奇怪了吧？"

他停了好一阵子，才说："我没有躲，我就希望你拍到我。那样，我妈妈就能看到我了！"

我忍不住哈哈大笑起来，说："现在几百元的手机都可以视频聊天，看妈妈还不容易？"

"可是，我没有妈妈的电话。"

"你没有妈妈的电话？"

"我妈妈走了，不要我了！"

我开始后悔自己那句话的冒昧。这样的孩子，我原本是见过不少的，他们大多数出生于乡村少女们的懵懂时代。很多女孩，在学校念到初中以后，便在父母和家人的撺掇下，与一个同样懵懂的男孩结了婚，生下孩子。为了养小孩，就出门挣钱。一进城，发现外面的世界竟是那般精彩热闹，抛下身后的牵绊，像出笼的小鸟一般飞走了，留下一个或几个一说起妈妈就泪眼婆娑的孩子……

小零应该就是其中之一。

我为自己的唐突向小零道歉。他只是一个劲地向我打听，怎样才能让他的视频传得更广。他甚至有点固执地相信，妈妈之所以不回来找他，是因为没有看到他已经长大了，还那么可爱。他坚信，只要看到他，妈妈一定会回来的。他觉得，被介绍为"资深媒体人"的我可以帮他。此前，为了让自己的视频能传播得更远，他上过好些视频网站，看那些吞西瓜刀、露大腿、往脸上涂稀泥，或想把一根铁棒磨成针的直播红人，还想过去学喊麦，试过一顿饭吃 10 个包子，但都学不会，更没引起关注。他最近发现，有个人爬楼特别厉害，在几百米高的大厦顶上做各种惊险动作，拍成视频，点击率可高了！他觉得这比其他的方式好学，打算从山上的树开始练，最近，他已经可以爬上 20 米高的树了！

我能想象得出网络另一端，他有点小小成就感的表情。他也许不知道，他视为偶像的那个爬楼达人，已于几天前不慎从一座高楼上摔了下来……

我不记得那天的聊天是怎么结束的，也许我讲了好好学习、长大后就可以见到妈妈之类的屁话。当天夜里，我甚至还梦到了一个孩子，他站在高高的大厦顶上，向远方挥手，孩子的样子看不清楚了，但我相信，那是小零——一个努力想被妈妈看到的留守儿童。

人的出身不能改变，

但人的思维可以影响人的判断，

人的判断可以影响人的行动。

而人的思维，往往取决于教育。

一生终于一事 /

当你被包了棉花的仙人掌刺痛

◎ 钟 馨

　　一部好电影，不是给你答案，而是让你"被包了棉花的仙人掌刺痛"，从而有了更多的思考。

　　我参加过三届郑琼导演创办的 IDCS 国际纪录片论坛，那些优秀的纪录片里有不同国家、不同文化、不同个性、不同命运的人物影像，让观影者跟随镜头，以微观和宏观的视角对人性进行深刻探究。

　　这是走马观花地去过再多国家，也难以企及的。

　　最近，郑琼的纪录片《出路》终于跟观众见面，拍摄历时 6 年。

　　片子一如郑琼本人：清澈、朴实、细腻。没有大喜大悲、跌宕起伏，但在平静的表面之下，三个故事交替对比的内在张力，给了观众很大的冲击。我特别同意一位观众的观感，是一种"被包了棉花的仙人掌刺痛"的感觉。

影片中，三个年轻人分别处于小山村、小城镇、大都市，都在竭力寻找着人生的出路。但不一样的起点，会让他们有公平的未来吗？他们的命运与教育有关吗？

马百娟们的困境

马百娟是身处甘肃大山深处一个小村子里的孩子。她热爱上学，走在山里的羊肠小道上，步伐那么轻快，目光那么自信，纯真、灿烂的笑容甚至令人羡慕。所以在影片中段，银幕上出现一个笑容羞涩的少女时，我的第一感觉是这不是马百娟。但随即字幕就打出了"三年后"——这的确是 15 岁的马百娟。此刻的她，模样没有大改，但目光是退缩、游移的，身体语言是忸怩的，常常背对着镜头。

马百娟长大了，随父母迁居宁夏中卫市，窑洞换成了带玻璃窗的房子。表哥帮她转学到当地中学，她却不想再上学。她去找工作，未成年又不会电脑操作等基本工作技能，当然找不到，她很彷徨。

有一个镜头：马百娟站在两个怀孕的姐姐中间，两个姐姐也是一脸稚气。最后，片尾打出字幕：马百娟嫁给了表哥，那年她16 岁。

马百娟从热爱上学到不想上学，为什么？

记得获 WISE（世界教育创新峰会）教育项目奖的桥梁国际学院联合创始人 Shannon May 女士，谈起在辽宁山村教书的经历促使她做教育创新时说："贫困地区乃至全球范围，孩子们不是根本没有入学的机会，而是进了学校却学不到东西。我们的教育体系和方法没有关注到让孩子有所收获，很多人连小学都没上完就退学了。我知道，如果他们的未来不好，我们的未来也不会好。"

北大附中原校长、"美丽中国"原首席教育官康健指出："很多农村地区，99% 的孩子上不了大学，可他们接受的是应试教育，生活教育又没有，根本解决不了自己的生活问题。陶行知先生当年的办学条件很简陋，但具有现代的先进教育理念——'生活即教育''社会即学校'。而如今的很多学校就是修了围墙，把孩子们关进去。"

马百娟的学校只有一位老教师、五个学生，主要是读课文、做算术题。她为什么而学习？这是个教育命题。

她父亲说"苦怕了，再也不想回去了"。这样的"生活教育"，让马百娟在作文中如此描绘自己的理想："到北京去上大学，一个月挣 1000 元，给家里买面。因为面不够吃，水也不够用……"

贫穷乡村的孩子读书的唯一目的，是否是"离开"？

可是，以种地为生的家庭的孩子，读书、考试、去大城市挣钱、买粮食……这个思维路径，能说不对吗？

这让我想起德国志愿者卢安克，他在广西乡村支教 10 余年，写了《是什么带来力量——乡村儿童的教育》一书，他在书中提到：

"我不理解，为什么我的学生希望我只让他们做几亿人已经找到答案的作业题，而不愿设计自己真正需要的桥？我的学生只有找到自己的、新的思考方式，他们的生活才能改变。"

天使支教的创办人李磊老师也提出过相似的质疑："我们总是跟农村的孩子说好好读书，考个好大学，找个好工作，走出大山，改变命运。我们认为这话是正确的，但是反过来看，正是因为这种教育，让更多人逃离家乡。如果老一辈乡村教师退休，年轻一代能有多少人回来参与乡村建设？未来中国的乡村教育该怎么发展？我不知道。"

马百娟们的困境，仅仅是自然和经济条件造成的吗？

这让我想起在环境同样恶劣的以色列沙漠有座基布兹农庄，导览员告诉我们，几十年前，他们从欧洲来到这片沙漠时，什么也没有。如今，他们建起了先进的海水淡化循环系统，让沙漠能够盛产圣女果、蜂蜜，甚至葡萄酒。

那位导览员说："只要有信念、有智慧、有知识、有经验，沙漠也可以变成绿洲。"

两相比较，不同在哪里？教育，是要让人"离开困苦"，还是让人学会利用"资源"去"改变困苦"？或者是让人本身成为"胜过困苦的资源"？

我们接受的教育，在为未来创造条件。我们能否从自己领受的困苦中反思，该怎样为未来创造脱离困苦的条件，而不仅仅是"穷怕了"。

能否像犹太人一样"穷，则求智慧"，这是教育要回答的问题。

上帝真的公平吗

影片中，马百娟、徐佳、袁晗寒出生在不同地区、不同家庭。

袁晗寒家境优越，她聪明且有艺术天赋，上了许多人梦寐以求的美院附中，却中途退学。后来，她上了德国的一所艺术学院。影片中，她在德国上学（依然不太想上课），遛兔子（宠物），弄丢了钱包，跟男友有一搭没一搭地说话……

她的笑声爽朗，有种玩世不恭，好几个镜头她都在打哈欠，有时候她最大的烦恼是没事可做。与马百娟和徐佳们相比，袁晗寒简直太幸福了。

这不得不让人感慨：上帝真的公平吗？

如果从获得的资源来看，人与人不可能"公平"。但是，如果世界上本没有公平，我们为什么还要追求公平？上海炎黄文化研究会理事林志敏老师对此曾经表达过一个观点：因为我们的"公平观"错了，我们仅以获取多少来衡量公平，而没有以付出多少来衡量。

人活一世，是来索取，还是来付出的？如果只索取不付出，这本身就不公平，而"公平观"是教育的结果。

人生是否幸福，或是否活得"值"，取决于"公平观"。无论你有多少财富，活得多么富足，成就了多伟大的事业，如果"公平观"错了，你同样会感到不公平。难怪有人拿了还要拿，贪了还要贪。

人做成伟大的事当然重要，但更重要的，是你对自己的付出与得到有多少认识？你在自己所处的位置上做了多少努力？自己的人格有多大的提升？你力所能及地为世界付出了多少？

心理学家弗兰克在《活出生命的意义》一书中说："人类总是有能力将人生的苦难转化为成就，从罪过中提炼改过自新的机会，从短暂的生命中获取行动的动力。"

在集中营生活的经历让弗兰克相信："人最终是由自我决定的，而不是环境的产物。"

社会是由每一个个体组成的，如果没有个人在观念上追求平等、融洽，整个社会也就不会有对平等、和谐的追求。教育是影响个人观念最有效的途径，不唯利是图是教育的结果。同样，积极地看待自己与他人条件的悬殊，从内心产生去改善的勇气与力量，更是教育的任务。

教育有责任去抹平鸿沟

徐佳是湖北一座小城市的高三复读生。作为儿子，他背负着完成父亲遗愿、改善家庭条件的殷殷期待，压力很大。复读三年，他终于考上了湖北工业大学。

按说已经如愿以偿，但感觉徐佳并没有找到出路的轻快。他持续在各种求职中碰壁，终于找到一份工作，他感觉像是把自己卖了出去。

整部片子里，徐佳几乎没有笑容，甚至结婚，他也只是淡淡地说："大学时就恋爱了，结婚是想给她一个归宿吧。"

相比之下，北京的袁晗寒有那么多机会，即使她高中退学，依然可以到国外读大学、读硕士，最后开了自己的艺术公司。

郑琼说袁晗寒很善良，在地铁上，她会给乞讨的人钱，但她对于徐佳、马百娟们是不了解的。

郑琼跟她说："你有机会出国，但是马百娟就没有。"袁晗寒说："她也可以啊，只要她想，就可以。"

影片中的三个人物，分别处在山村、城镇、大都市，如果不是郑琼的纪录片，他们的生活根本没有任何交集。

这就是阶层的隔阂吧。

城市里疯狂的补习班、学区房现象，无不凸显出人们的焦虑：害怕阶层固化，害怕掉到"金字塔"的下层。孩子们接受的是"先顾好自己的分数""人往高处走"的教育，没有机会，也没有动机接触所谓的"底层"。哪怕同在一个小区，住在高档公寓里的孩子，会和住在地下室的物业工人的孩子一起玩耍，成为一生的朋友吗？很难吧。

当城市的孩子出国留学回来，当偏远乡村的孩子到城市来打工，一个可能是高档小区的业主，一个可能是保安、快递小哥，这种落差带来的巨大矛盾，怎么形容都不过分。教育有责任去抹平这个鸿沟。

有一个"邻家孩子"的哲学理念，是威斯康星大学的梁国立教授与中关村三小的刘可钦校长共同倡导的：作为成年人，要把不同学校、不同民族、不同国家的孩子当成自己邻家的孩子一样，鼓励、推动孩子们在一起学习、玩耍、发展。只有这样一起长大的孩子，才有可能解决我们成年人现在解决不了的问题。

有文章提到过Facebook创始人扎克伯格的故事：小时候，扎克伯格经常欺负班上一个叫纽芬迪的同学，因为他总是脏兮兮、动作慢，拖大家的后腿。父母得知此事后，就带扎克伯格去了纽芬迪的家——纽瓦克公立学校附近的棚户区。纽芬迪的家狭小局促，妈妈外出打工，不到10岁的纽芬迪要照料患帕金森病瘫在床上的奶奶。这次造访改变了扎克伯格，20年之后，扎克伯格向纽瓦克公立学校系统捐赠了一亿美元，以帮助学校提高教育水平。

我想，如果我们的教育能让不同阶层的"邻家孩子"有所交集，教育的口号也不是"提高一分，干掉千人"，我们不仅想着通过奋斗改变自己的命运，也想着改变更多人的命运，那么，未来的社会会不会更和谐一些？

人的出身不能改变，但人的思维可以影响人的判断，人的判断可以影响人的行动。而人的思维，往往取决于教育。

许许多多社会机构、公益组织和个人都在为教育做着这样的努力。

郑琼一直说自己的能量很小，没有能力改变什么，连拍摄纪录片都只能自己贴钱。

但事实上，有《出路》这样的视角和记录，本身就是一种个体的努力。

一部好电影，不是给你答案，而是让你"被包了棉花的仙人掌刺痛"，从而有了更多的思考。

于全兴继续走在造访贫困的危险旅途中，
只为记录那些"贫困掠去了母亲的美丽，
笑颜已像那深逝的青春"的独特个体，
以唤起更多人的关注。

一生终于一事 /

摄影师于全兴记录贫困，呼唤幸福

◎ 陈　敏

　　2015 年 7 月，于全兴在北京举办《平凡的母亲》新书分享会。身穿果绿色 T 恤的他浑身透出活力，而眼神有阅尽世事的温和与平静。

　　他是天津师范大学新闻传播学院摄影系主任，同时还有另一个身份："幸福工程——救助贫困母亲行动"项目的终身志愿者。

　　15 年来，于全兴背着相机 34 次深入我国西部地区，造访了 12 个省区的 94 个国家级贫困县、306 个村寨，采访、拍摄了 1100 多位贫困母亲，以珍贵朴实的影像资料，让世人走近这个群体。

　　这本书上的黑白照片，浸透着贫困母亲的苦难、贫穷、病痛、坚韧……幸而，书尾也有彩照，记录因为"幸福工程"而脱贫致富的笑容。

15 年前，于全兴并没有想到自己会走这么多年。

2001 年，新闻摄影记者于全兴扛着相机，来到青海玉树。头天晚上旅馆没电，房间如同冰窟，高原反应使他头痛欲裂，一夜半睡半醒。

次日他继续赶路。他在新书中记录道："白色的大地像一块巨大的殓布，盖着我未知的旅途，我感到莫大的孤独。那孤独像极寒的冰在心里融化，慢慢地，不可逆转地浸透四肢百骸……"他感到恐惧，后悔。

在杂年村，于全兴遇到了巴青才仁。这个 12 岁的藏族女孩，父丧母弱，有三个兄妹，家庭年收入仅有 600 元。她腹痛三年，无钱治病，就用胳膊肘抵着肚子缓解疼痛。于全兴觉得，带孩子去州上看病比采访重要。途中，他递给孩子一个苹果，孩子咬了一口就藏在袍子里了。她从未吃过苹果，说要把这个带给母亲。他愕然，着急地拿出所有水果，喊道："都带回去！但这个苹果必须吃了！"到了医院，孩子被诊断为胆囊炎，70 多块钱的药即可治愈。

巴青才仁一家因为他的帮助而改变。至今，于全兴还记得巴青才仁藏苹果给他的震撼，也还记得她途中唱给他的祝福歌："神圣的山峦像父亲的臂膀 / 神圣的山泉像母亲的乳汁 / 大山的神灵啊护佑着我们的亲人 / 无论你走遍天涯 / 吉祥幸福永远伴随着你……"

在新书分享会上，于全兴以 PPT 的形式，给大家讲解照片背后的故事。他语气平实，不夸大，不煽情，对照片中的每位母亲都熟悉而亲切。我旁边的女孩听得泪水涟涟，用掉整包纸巾。

于全兴讲述了顾彩莲和祝贤美的故事。

2001 年 4 月，于全兴在云南的丫口寨初见顾彩莲时，她和家人住在茅草房里，一年全部的收入不过 500 斤苞谷，一贫如洗。顾彩莲满身病痛，靠编织竹箩维持生计。有了点儿钱，她就惦记着给孩子过年买肉吃，而不是给自己治病。她不诉苦，只是说："如果谁能借我一点儿钱，养头母牛，等来年生了小牛，我就可以还钱。"于全兴含泪按下了快门，定格了这位母亲背着孩子的身影。之后，这张照片被"幸福工程"作为宣传海报，顾彩莲也得到了天南海北的捐赠。2005 年，于全兴回访时，她的病治好了，新房建起来了，阁楼上挂满了腊肉，圈里养着猪和牛，顾彩莲家成为寨子里经济最宽裕的人家之一。

另一个故事发生在贵州纳雍县猪场乡。当地村民有八成卖血挣钱，他们结伴而行，"仿佛赶集一般"。水菁村的祝贤美因小儿子病逝，安葬儿子欠下 1300 元外债，丈夫出去打工再无音讯，她只能独自养家，耕种家里的沙地，但收获的苞谷、土豆只够吃半年。农闲时她去背煤，5 天能挣 500 元，累到骨头快要散架了。可是钱还不够，她就去卖血。舍不得 15 块钱的车费，她都是走路去县里的血站，一早动身走到晚上，找家小店搭块木板睡下，宿费 3 元。

这个女人连续三年多次卖血，卖一次能拿 60 元，买化肥和盐巴。

于全兴的镜头跟着她从乡里到县里，拍完卖血全程，心酸不已。卖血后，祝贤美实在头晕，叹气说："要有头牛帮着犁地就好了，不用别人帮忙……"

那是 2006 年。不久，祝贤美得到"幸福工程"的资助，家里很快有了牛，添了缝纫机，盖了新房，通上了电。

这 15 年中，越来越多的贫困母亲通过"幸福工程"提供的小额无息贷款，换取牛、羊等生产资料，获得脱贫机会。于全兴拍下几万张照片，办过多次"贫困母亲"主题展览，总有不少人在照片前黯然落泪，也为母亲们得到帮扶后的幸福感到欣慰。

仍然有很多贫困母亲生活在公路不通、摄影镜头无法到达的地方。于全兴也继续行走在甘肃、宁夏、贵州、云南、广西等地的贫困山区，持续用一幅幅摄影作品告诉外界，仍有 1000 万贫困母亲在苦苦和命运抗争，而只需几千元钱，就可以改变一位母亲乃至一个家庭的命运。

多年来，他将作品所获奖金、出版所得稿费，包括孩子的压岁钱，都捐给了幸福工程。每次采访回来，除了相机和必需品，剩余钱物也都捐掉。

中央财经大学教授刘树勇（老树）评论他的作品："你注意到那些母亲的造像对你的凝视吗？每一幅图像都是一个单元，就像是一个深邃的空洞……它注视着你的注视。"

　　而白岩松称："于全兴把镜头对准贫困母亲，相机拍下的不仅仅是贫穷。"

　　于全兴继续走在造访贫困的危险旅途中，走过悬崖边的小道，经过高原的冰天雪地，拐过崎岖的深山小径，爬过一道道没有尽头的山梁，只为记录那些"贫困掠去了母亲的美丽，笑颜已像那深逝的青春"的独特个体，以唤起更多人的关注。

想起母亲，我难以原谅自己

　　Q：西部母亲对贫困的抗争，一开始就撼动人心，但你的拍摄已经持续 15 年了，这些事还会像当初那样感动你吗？

　　于全兴：一直被感动，可能跟我的天性、经历有关。我从小就失去了父亲，是个苦孩子，家境也困窘。但不管是画画，还是考学，母亲都默默地鼓励我、帮助我，她是影响我一生的人。到了西部，看到很多女性都有和我母亲相似的品质。我能够走到今天，感怀最深的就是"母亲的美德"。

　　Q：你母亲有六个孩子，当时是怎么抚养你们的？

　　于全兴：那个年代的贫困家庭，六个孩子中能有四个上学，其中有两个还是大学生，这几乎是不可想象的。靠什么？母亲没有工作，省吃俭用拉扯我们。在我的记忆中，她一直在忙碌，糊过纸盒，做过编织、涮洗，甚至拾过荒……她皱着眉不时捶打腰腿的样子我记忆犹新，可我从未听过她叹息。这种态度，影响我至今。

Q：你曾经说，你为 1100 多位贫困母亲拍过照片，可从来没有为自己的母亲拍过一张像样的照片。如今她走了，你难以原谅自己——请问你母亲看过你的摄影展吗？她对你的期望是什么？

于全兴：没有。她不识字，我出了书，有时候会给她讲书里的故事。她对孩子也没有太大的期望。我每次打电话说要出差，她就提前准备送行的饺子。离家的时候，母亲就是一句话：路上注意安全，非常朴实。

Q：对母亲的怀念，你也放进了拍摄里。15 年来，你采访、拍摄了 1100 多位贫困母亲，这个数字对中国 1000 万的贫困母亲来说，还只是冰山一角。对你个人，这意味着什么？

于全兴：我一直说这句话，能帮一个是一个。"幸福工程"主要采取"小额资助、直接到人、滚动运作、劳动脱贫"的救助模式，帮助贫困母亲发展家庭经济，脱贫致富。2004 年之后，我都是利用假期来跟进这个项目。

能够帮助哪怕一位贫困母亲脱贫，我就很快乐。一个人的能力是有限的，我只是尽心去做，没想太多。

Q：有位志愿者曾说，能够长期做志愿者的人，光有感性不够，必须理性，甚至是非常坚强。你认可这句话吗？

于全兴：一开始我的想法比较单纯，就是利用摄影来做点有意义的事，影像比文字更有力量。这种方式也有不少人在用，比如去记录非洲的极端贫困，或者拍摄美国纽约州特洛伊市的穷人们……慢慢地我也会思考很多问题，就从感性到理性，想着怎样才能做得更好。

绝对贫困地区的幸福是什么

Q："幸福工程"项目提出了一个概念：幸福。西部贫困母亲的幸福似乎特别简单，就是孩子能上学，年底能吃上一顿肉，家里能养头牛……你怎么看待这种"幸福"？

于全兴：有时候，看到这些母亲接受捐助，所有在场的人都是发自内心地欢笑，我却在掉泪。为什么？我不知道你有没有那种感觉，几千块钱，在北京可能就是一顿饭钱，对于她们，却可能是奋斗几年的梦想。

幸福是什么？我有时也困惑，贫困山区的人们生活在自然状态中，虽然穷一些，但都没有过多的欲望，朴实、纯粹。但你去了，大山里的生活氛围就变了。矛盾归矛盾，该帮的还得帮。

Q：其实这里谈到两个问题，一个是原生态的幸福观被打破后怎么办，第二个是咱们社会的贫富差距问题怎么解决，困惑肯定会有。

于全兴：在拍摄过程中，我更接近了社会的真相以及变迁。以前做记者，也曾去过贫困地区采访，那时我对贫困的理解就是：生活条件好一点儿的人家吃白面，差一点儿的吃窝头。但到了贫困山区的村寨，才知道有人家连床都没有，还会断粮，每天能吃上苞谷饭都是很奢侈的，真的难以想象。

贫困是相对的。北京郊区也有相对贫困的人口，但西部地区有些地方是绝对贫困。比如四川大凉山的深山里，现在还有不通路的村寨。有时候从深山回到城里，看到高楼大厦流光溢彩，我都会觉得恍如隔世，甚至很难融入这种文明。所以，隔一段时间，就想回到西部。希望大家有空也能去看看生活在那里的人们。

Q：山里的孩子们，如你所说，背的不是书包，而是箩筐，装着弟弟妹妹。你是否对他们有所担忧？

于全兴：那里的孩子们的生活环境很差，但求知欲望都很强。人生本来就是不公平的，对于贫困山区的孩子们来说更是如此。

我真心期望他们考上大学，因为这是他们走出大山的途径之一，不管是不是重点，孩子苦读了那么多年，能不让上吗？但每年一两万的学费、生活费，会使这个家庭的困境雪上加霜。

我图什么呢

Q：网络上有个帖子：中国到底有多少穷人？有很多网友谈到贫穷，并为此感到悲凉。能否谈谈我们能为贫困人口做哪些事情？

于全兴：世界上任何一个国家都有穷人，贫困是相对的，中国西部贫困的原因有很多。

刚才有人问我，如何评价高调行善的陈光标。第一，我没有资格随便评论他人；第二，能够实实在在捐资出力帮助他人的，不管高调低调，都是在做善事。

2001 年，我全年都在拍摄"贫困母亲"，2002 年在北京做影像展览，那时我见人就劝募，请朋友们关注这些贫困母亲。至少先关注吧，每个人都可以做慈善，不出钱也可以出点力啊，最重要的是有这颗心。

Q：现在这个募捐还在进行吗？

于全兴：中国人口福利基金会一直在募捐。有人信任我，要把款打给我，我都会建议他们捐给"幸福工程"组委会的一对一帮扶项目。如果你捐了 2000 块，注明想帮助哪位母亲，基金会不会收一分钱管理费的。这几年，国内外的一些爱心人士都是用这种方式进行结对帮扶的。除了教书的本职工作，我的业余时间都用在"幸福工程"，假期还带着学生到西部，进行社会实践活动。

Q：你在善款管理方面有什么心得？

于全兴：一般情况下我很少经手善款，特殊情况，比如，假期我准备到西部，有的老师托我带去善款，选择好贫困母亲后，我会与她们一起到集市，购买牛、羊等生产资料。

每一笔花费都要请她们在协议书上签字按手印，然后让县或乡一级有关部门盖章，回来时把协议书和照片交给捐赠人。这个事情做得很细，不能马虎，因为我要对捐款人负责。

Q：网络上有个知名的慈善活动"一个鸡蛋的暴走"，每个参加者通过身体力行地徒步 50 公里，为孩子们的营养午餐筹款。你是否想过利用网络来扩大"幸福工程"的影响力？

于全兴：我们从 2005 年起就开始利用网络，把贫困母亲的影像资料放到中国人口福利基金会的官网上，发动公众力量来帮扶，效果还是不错的。最近，我们也在考虑如何用微信平台，用众筹的方式，让更多的人关注西部贫困母亲。假期我会去做调研。

Q：这些年，你遭遇过高原反应、头疼失眠等状况，是否也到过心理极限？

于全兴：遇到过不少危险，也有过心理承受不住的时候。好几年的春节，我都是在西部过的。2005年春节，我去云南丘北回访，当地少数民族有年三十杀鸡闭门的习俗，我只好在县城找个宾馆住下，三十晚上，家家放鞭炮，热热闹闹过年，我独自跑到山上，呆呆地望着北方——想我的母亲，想我的妻子和女儿，眼泪稀里哗啦地流出来，控制不住。大过年的，我图什么呢？

Q：有答案了吗？

于全兴：每次回访，看到一位母亲、一个家庭，因为"幸福工程"的帮扶，完全改变了生活处境，住上新房，有了牛和羊，无病无灾，神采飞扬，就像看一部真实的纪录电影，我发自内心地感到欣慰。这也是我一直坚持的原因。

对话

◎ 韩昌盛

一

文青做老师，尤其是做语文老师，并且还是班主任，学生的耳朵肯定会被磨出茧子。

晨跑时，天刚亮。进行曲气势磅礴正热闹的时候，总还有几个家伙睡得四平八稳。等大部队跑完四圈，等校长有事说事无事散会后，我们班要留下来，等着班长把那几个睡懒觉的从寝室里揪过来，他们基本上是一脸匆忙、两眼慌张。照例是先跑三圈，队前站立，自我检讨，然后是我说话。年轻时没有经验，直接批评；有点教龄时，知道迂回了，苦口婆心地说"黑发不知勤学早，白首方悔读书迟"，说某某同学的父亲刚从工地上打电话来，要给他加点伙食。一般情况下，操场上很安静，他们的眼睛扑闪着，分外明亮。

晚自习没有人迟到。我们这所初中的学生大都是留守儿童，基本上都在学校吃住。晚自习时间很长，从晚上6点到9点。前三节课有老师辅导，第四节课属于班主任。我让他们自习，做点作业，预习一下新内容。但是，我从不忘记我的计划：谈话。这节自习，可以跟两个人谈话，每人20分钟。内容很松散：家里几口人，父亲喜欢抽烟吗，打不打孩子，喜不喜欢喝酒，母亲在哪儿，和奶奶关系怎么样。看起来问题很多，但大多是孩子们自己说。天冷时，我们在办公室聊，倒一杯茶，让学生坐下来，慢慢说。我很少插嘴，最多夸两句。天暖和时，我们就靠在教室门外的水泥球台上，借着三层教学楼漏出的灯光，深一句浅一句地谈。班里50来个人，一个月差不多可以谈完。成绩好又没有多少心事的，就快一些；调皮的、喜欢逃课的，就多说一会儿。说到气愤时，拧拧耳朵，拍打两下肩膀，他们也不躲，直直地受着，嘴里还说着："老师揍吧，揍过长记性。"

老师也有记性，比如每周一次的班会。刚教书时，班会老是我在那儿唱独角戏。后来，我就改了，把班会开成讨论会。我们班各寝室的卫生老是倒数，女生说休息时间太短，来不及整理个人卫生；男生更激动，说还没来得及吃东西灯就熄了。班里热热闹闹，人声鼎沸，校长从外面经过时，表情很严肃。

等他走过，我对大家笑笑："没事，接着说。"

　　于是，他们便接着说，七嘴八舌。还好，每次都有结果，经过班会讨论的事，都有小小的进步。比如，我们讨论后决定，若班里的"网虫"再翻墙去上网，一律把家长请回来，哪怕家长在千里之外。郭晓同"中奖"了，他爸爸从上海赶了回来，恨铁不成钢地对他进行了一次声势浩大的教育。郭晓同倒好，低眉顺眼的，一步也不离。

二

　　文青坚持的还有家访。我感觉家访是世界上最美好的一件事，不要计划，不要名单，也不要程序化的礼仪。就那二三十个村庄，我骑着一辆自行车，周末时说走就走。

　　颠簸在杨集的乡村土路上，到了一个村庄，随便喊过路边的孩子，他们会热情地带着我，大呼小叫地走到某个院子的门口。有时，没人在家，照例，热情的孩子会从某个小超市里把他叫回来。更多时候，学生老老实实在家看书或者看电视。我便坐一会儿，看看院子，聊一些可长可短的话，叮嘱他学习，注意安全。倘若是寒假，我会遇见家长，他们刚从城市归来，家里都是满满的愉悦，学生也高高兴兴地跑前跑后。暑假里学生最少，他们大多去了远方的城市，上海、南京、温州……有一个暑假，我到上海走亲戚，想起有两个学生在附近的闵行镇上过暑假，我就坐公交，在一个傍晚，站在工地边的马路上，和家长用泗县方言拉呱。两个孩子站在后面，满脸喜悦。

三

有时，对话不是喜悦，而是艰难。每一年，在我们班上，总有一两个孩子，要回家，要出去打工。该说的说了，该家访的也去了，该和父母沟通的都沟通了，该减免学费的也都减了，最终，他还是离开了。我看他骑着自行车，带着被子，挂着脸盆，飞快地向院外骑去。

那一刻，我很无力。我知道，这次对话，我失败了。

每一个老师都渴望成功。我只希望我和学生的对话能够一直持续，从早晨到晚自习，我乐意滔滔不绝，我想告诉他们前面的路是什么样子，我想让他们知道，青春需要好奇，也需要坚持的勇气。我到过每一个学生家的院子，我相信，这会留在他们的记忆里：老师和他们在一起。

温暖的记忆是前行的动力。每一次带初一时，我都会叫他们写一篇《我的理想》。每隔几年，我都要翻翻。王志刚的理想是请老师和同学吃一顿大餐，摆上一大桌子菜，让大家尽情地吃。当时，这篇作文引起了哄堂大笑，相比较军人、医生、企业家，这个理想一点儿也不"高大上"。后来，我去了他家，家里一贫如洗，只有一张床，只有一个亲人是姑妈。再后来，自力更生的他从温州回来兑现诺言，我们一起胡吃海喝，泪流满面。

我突然发现，物质的向往也是理想，朴素的欲望也是追求。

王志刚敬我酒时，说："要不是你天天唠叨，我早就上不下去了，我真想看看你说的未来是什么样子。"

"未来就是可能。就是你想了，做了，累了，流汗了，就有可能笑了，甜了。"

我又变成了一个文青，滔滔不绝。

离开孩子们三年，
混迹于成人世界，
记下这些，
只为让这个世界多一点儿温暖。

怀念

◎ 朱　倩

　　三年前，我还是一名乡村小学教师。

　　教一年级那会儿，我经常要看着学生打扫完教室才能走。一天放学，天下着毛毛雨，我在教室里批改作业，顺便看学生扫地。因为天色异常昏暗，学生打扫完后，我让他们快些回家，免得家长担心。其他学生都走了，只有一个极瘦小的女生还在擦桌子，她擦得很仔细，每张课桌里里外外都擦了个遍。我催促她："不擦了，明天早上让同学们自己擦吧！"她小声说："我想擦完再走。"她像是对自己说，又像是对我说。我说："你去吧，老师替你擦，不要让爸爸妈妈担心。"她说："老师，我的爸爸妈妈没了。"然后仍倔强地继续擦着桌子。

　　我疏忽了，分班时竟忘记细看学生档案，还不知道她的爸爸妈妈已经去世。那年，她7岁，刚入学不久，我还没记住她的名字。

后来，在和孩子的奶奶交谈中才知道具体情况：这孩子命苦，出生才 47 天，她的妈妈就患白血病去世了，后来爸爸又因电击身亡，还好，她有几个叔叔，都在外边打工，会定期带钱回来供这孩子读书。她的奶奶说，她和老伴都不算老，还能种地，每年养几头猪、几只羊，日子还过得去，老师不用为这娃担心。老人在说这些话时，一脸平静。我有些心酸，这家人的生活这样苦，还可以这样地坦然。三年级的时候，那孩子写日记："我希望作业能少一些，这样我就可以帮奶奶做好多事，奶奶太辛苦了。"因为她的一句提醒，我留的作业从此不敢再超过 20 分钟。在孝心、责任面前，成绩是可以让路的。

那时候在山里教书，学生们除了少数几个家里稍微富裕些，其他的家庭条件都差不多，一个个跋山涉水来读书，常常一身泥。很多同学冬天都只穿着薄薄的单衣。有一个小男生，家里应该不富裕，春夏秋冬，常穿着同一件旧衣服，因为家离学校远，中午总是吃从家里带来的冷洋芋。有一年进行贫困生评定，同学们都说那个男生家比较贫困，但是那个男生告诉我："老师，我不要贫困补助，我家不穷，还有比我家更贫困的，给他们吧！"我有些意外，毕竟有 200 多块钱的补助，但孩子诚挚的眼神告诉我：不争，是因为想着别人。

离开孩子们三年，混迹于成人世界，记下这些，只为让这个世界多一点儿温暖。

人生何处无风景

◎ 曹骥赟

我的童年是在农村度过的，我由衷地喜欢广袤田野和青山绿水。长大后，我一直在大城市读书、工作，厌倦了都市的拥堵、喧嚣、雾霾，再加上多年来一成不变的工作状态，渴望另辟蹊径，换换环境和生活方式。也许是上天垂青，2013 年，单位派人去内蒙古挂职扶贫，我有幸被选中，心情是一半欣喜一半不舍，欣喜的是自己的愿望实现了，不舍的是要和妻子、孩子长期分开。

别样生活

我去的地方叫察右前旗，出发前，满以为那里到处是"风吹草低见牛羊"的青青草原，到了却发现是另一番景象：贫瘠干旱的大地，覆盖着稀疏草皮的平原和山丘，典型的塞外风光。不过，我也有一种全新的感受：原野空旷宁静，天空湛蓝明净，空气清爽透亮。

来之前我对这里的气候有一些了解，知道这里风大、寒冷、日照强，公路两边常能看到成群的风车呼呼旋转。虽然阳光刺眼，但在 7 月的盛夏感觉不到一点儿热。因为风大，大街上的人都是"杀马特"发型，人们的皮肤因为常年经受风吹日晒，显得黝黑粗糙。

这是典型的西部小城，青壮年人口外流，资源匮乏，经济落后。旗政府设在一个名叫土贵乌拉的小镇上，我是从北京来的扶贫副旗长，当地领导对我很器重也很客气，书记和旗长希望我在搞好扶贫工作的同时，也能引来外地大企业投资。我初来乍到，有些受宠若惊，但更多的是诚惶诚恐，唯恐有负重托。

当地干旱缺水，自来水中盐碱重，有异味，我想了一招：准备两个暖水瓶，水烧开后先灌满一个，待盐碱沉淀后再把水灌到另一个暖水瓶里，如此反复多次。时间久了，我熟练到来回倒水洒不出一滴。同事调侃说："以后就算你失业了，也可以去高级酒店当服务员，给客人倒茶。"

这里是"薯都"，冬天蔬菜匮乏，主食、副食都以土豆为主，顿顿都是炒土豆、拌土豆、蒸土豆、煮土豆、土豆粉条、土豆烩菜、土豆包子，有几次我都梦到吃土豆。工作日的晚上和周末食堂不开伙，后勤工作人员安排我在一家小饭馆就餐。我吃饭向来简单，就一碗面而已，也从来不带人吃喝，时间久了，老板见我从不点肉点酒，态度就冷淡下来，等给点酒菜的客人上齐了，我的那碗面才姗姗来迟。没办法，后来我干脆自己找饭吃了。

晚上，除了给家人打打电话、看看电视之外，大部分时间我都在看书。整栋宿舍楼里除了门卫就只有我，周围都是田地，万籁俱寂。除了经济类书籍刊物，我还喜欢读史书，剖析人物，对比古今，常常有豁然开朗的感觉。我也常回想起几十年来自己的成败得失，思考未来的路，任思绪驰骋，这让我真切地体会到"非宁静无以致远"的心境，十分惬意。由于生活比较规律，那段日子我养成了晚上 9 点睡觉、早上 6 点起床锻炼的习惯。为此，妻子总笑话我提前进入了老年生活。

扶贫工作

生活安顿下来之后，我便马不停蹄投入调研。

只有走进百姓的生活，才能走进他们的心里。当你亲眼见到贫困场景，亲耳聆听辛酸故事，你会受到强烈的触动。那里的情景让我们这些常年在城市生活的人感慨万千，发自内心地想伸出援手。

有两件事令我记忆犹新。

有一次，我到了一个缺水的山村。烈日炎炎，村民们在一口井边排队打水。由于水位下降，村民们用井绳把装了人的水桶放到七八十米深的井底，人工舀水。如此情景让我震惊，随即组织有关单位打井。两个月后，新机井成功出水，彻底解决了全村人畜的饮水问题。还有一次，我去一所中学，接触到很多父母离异、亲人患病的贫困孩子。最困难的一个孩子失去了双亲，和年迈的爷爷相依为命，每天在学校吃饭只敢花两块钱，常年只吃馒头和白菜。很快，我组织设立了贫困生奖学金，资助全校100名成绩优秀的贫困生，每人每学期1000元。钱虽然不多，但对孩子们来说是实实在在的口粮。

挂职届满之前，为了多给孩子们一些资助，我向中国扶贫基金会申请了为期3年的自强班助学金。记得临走前，我与那所中学的刘校长最后一次见面，他两眼含泪，哽咽着向我道谢，与我握手道别。那一瞬间，两年多来我们一起工作的诸多场景在我脑海里闪现，我抱着刘校长，流下了激动的泪水。

涤荡心灵

现在我已经回到原工作岗位，那段岁月逐渐远去，那里的人、那里的事、那里的山山水水，却在我心里留下了永不磨灭的印象。

这段难忘的经历对我影响深远。以前对自己拥有的一切总是不以为然，然而当我目睹了太多贫困群众的劳作奔波和艰难度日，了解了他们内心的凄苦和困顿无奈之后，重新回到优越的生活和工作环境中，享受着城市的繁华便利和家人的亲情温暖，才真真切切发现自己生活在蜜罐里。与他们相比，我是多么幸运，还有什么理由不开心快乐？还有什么理由不去努力拼搏？还有什么困难不能克服？

这段经历也让我悟到了人生中最重要的是什么。有时候，当人变换环境和角色，或许更能看清一些东西。扶贫的几年间，许多原先围绕在身边的"朋友"音讯全无，让我瞬间醒悟，所谓的友情甚至以往被追捧的权威，在现实中来也匆匆，去也匆匆。而那些我曾经帮助和救济过的人们，他们对我是那么真诚和感激，愈加让我感受到"赠人玫瑰，手有余香"是人生最大的价值。

当耳边响起"天蓝蓝，秋草香，是心中的天堂，谁把思念化一双翅膀"的草原之歌，我不禁又想起那里的故事，也许，那就是我一直追寻的地方。

一直觉得越活越感，
很多困惑得不到解答，
却在雷村，
在和那些顽强、努力、乐观的人们相识后得以解答。

〜〜〜〜〜〜〜〜〜〜〜〜〜〜〜〜〜〜〜〜〜〜〜〜〜〜〜〜〜〜

一生终于一事 ╱

老张的虎杖

◎ 周玉洁

黄芽杆的根有个特别的书面药名，叫"虎杖"。

在雷村，我能一眼辨识出它，是因为在许多年前，我曾帮患有肝病的亲戚寻找过这味中药。偏方说，把黄芽杆的根挖来煎水当茶饮，可以治疗肝病。

在雷村一座房屋旁的空地上，晾满了被切成片状的黄芽杆根，旁边还有几捆远看像是柴捆的东西，那是还未来得及切的黄芽杆根。切成片的黄芽杆根那么多，密密麻麻晾满了几乎所有的空地，多到刺疼了我的眼睛。

那房子的主人姓张，63 岁，八年前查出有肝病，两年多前被确诊为肝硬化晚期。我喊他老张，他称我为周同志。

老张原是村委的一员，生病后主动退出了村委会。他羞于被评为贫困户，虽然为治病已经背上了债务，而他家除了老伴种地和养猪再无别的收入，他仍对自己需要被扶贫感到歉疚。

老张的脸黑瘦焦黄，总是带着喜乐与忧郁的双重神情。我第一次近距离和老张交谈时，觉得他的眼睛似曾相识，仿佛在哪里看到过，但一直想不起来。后来的一天，我在田间和一个老农交谈，老农说："老天爷害人啊！下了几个月雨，地结了板，牛都犁不动……"我去看那四蹄抓地往前挣的老牛，看到牛的一双眼——善良、任劳任怨，闪着不屈的光又似含着泪……我想起了老张。

每次去村里，遇到老张，他总是热心地领路，他了解村中每家每户的情况，哪家人今天去了哪里没在家；哪家人去了哪面坡上的哪块田里；哪家的老人前几天摔了一跤，这几天腰疼……老张都知道。他热心地帮助我填写扶贫手册，帮不识字的老人签名，然后默默地坐在一旁，热情地、含着泪地笑着，不住地念叨："亏得精准扶贫，感谢党……"

这一年过得飞快。9月的一天上午，我在村里遇到84岁的老汉，他独自用草绳拽着一只装满了玉米棒子的竹筐往家拖。我去帮忙，老汉制止说："挑不动担子了，一个筐子也挎不动，只有拖……我慢慢来，你莫帮，我早上四趟，下午三趟，一天拖七趟，你帮我这一趟，我省不了多少力，还耽误你好半天事……"他倔强地拒绝了我。老汉在竹筐下面包了一层旧轮胎，用草绳拴着一点一点在土路上移动，半筐玉米棒子在筐内打着哆嗦。

我喊："今年苞谷卖多少钱一斤？"

他回头说："8毛，车还懒得进来收。"

那天下午，我又路过老汉的家，院子里已堆了半屋檐玉米棒子。老太太拿着簸箩，站在檐下朝着土路那端张望。闲聊间，得知他家的儿女都在外地，两层青砖小楼就住着老两口。老太太说："有低保，儿女也寄钱回来，钱够用，老头子还是要种苞谷。"我问为啥，老太太说："闲不住。"

到了10月，又路过老汉家时，听说老汉病了，虽然他不是我的包户对象，我也着急赶路，还是禁不住想进去看看。老太太说："别进去，脏……"屋里黑乎乎的，老汉的腿露在被子外面，腿肿得很粗，像是糊了层干透的胶水一样发着异样的亮光。老汉嗫嚅着和我说话，我听不清他在说什么、问什么，只能答非所问地对他说些安慰的话。窗外有阳光透进来，老汉望着我，眼睛浑浊，又望向窗子，我清楚地听到他说："我到头了……"

走出老汉的屋子，老太太说："送医院了，没法治。他要回来，一辈子在山里住惯了，由他，回来就回来。"

从老汉和老太太的脸上看不到一丝凄苦，好像这没多大的事。我的心里却像压了一块石头，总想起9月旦老汉拽着带着轮胎底的筐子拖苞谷棒子的情景。

11月，某天又路过老汉的房子，两层青砖的房子显得特别寂静，门上挂着一把铁锁，房子旁的猪圈也空了。走了一段，遇见人询问，那人说老汉走了没几天，老太太早起端猪食，歪倒在猪圈旁，也走了。

从此，我每次路过老汉的家，都觉得难过。

　　我开始担忧老张。有一次，老张家门上也挂着锁，我一下子就慌了。打电话得知他在市里的医院住院抽腹水，我才放下心来。老张出院后，我去看望他，他不住地感谢党，说他能治得起病，能活到现在，全是托共产党的福、托我这扶贫干部的福。我很惭愧，老张却仍旧不住地满怀歉意地向我道谢。我低着头，难过得想哭，却只能是一句接一句地说："会好的，肯定会好的，你会好起来的。"

　　老张的脸上仍旧带着笑意，他说："我不悲观了，政策这么好，我也打起精神来了。"

　　老张又开始下地。田地在他家房子对面的坡上，从他家去地里，以前他走一个小时能到，现在要走一个半小时。我说："别去地里了吧。"他说："不怕病，就怕不能动弹，趁着还能动，我多到坡上去几趟，说不定还死不了。"

　　后来，老张一边帮老伴做力所能及的农活儿，一边在山上慢慢地挖黄芽杆根。他家已经堆积了那么多黄芽杆根，任凭喝多少年都喝不完了，可是他家院子里仍旧日复一日地晾晒着他新挖来的黄芽杆根。

　　院子里的空地上满是褐黄色的圆片，上面有一圈圈木头的年轮，绕得它们像是一个个睁圆的眼睛。

　　继续挖吧，老张。它们的学名叫"虎杖"，老虎都能拿它们当拐杖呢，它们必定具有神奇的力量。

　　老张在对面坡上，我站在他家院子里的虎杖中间，拨通他的手机，他在电话里说："是周同志啊，谢谢你又来看我，感谢党……"

我的鼻子酸酸的，望着院子对面的山，望着山上的杂木丛，望着头顶上特别耀眼的蓝天，觉得自我走进雷村的那一天起，就对这个村庄充满了感激。一直觉得越活越惑，很多困惑得不到解答，却在雷村，在和那些顽强、努力、乐观的人们相识后得以解答，是那 84 岁拽着筐子拖苞谷的老汉，是那与一头牛一起顽强地与板结的土地较劲的老农，是老张，是我在雷村遇到的许多淳朴、勤劳的乡亲教我明白了很多我此前怎么也想不明白的生活道理，学到了很多在雷村之外学不到的东西。

山村寂静，屋内清冷。

墙皮剥落，四壁上的彩条布边缘裂缝清晰可见。

寒风不时侵入，没有火炉，

赵中披上军大衣，打开笔记本写项目书，5点才睡。

赵中：我不是纯粹的环保主义者

◎ 王 飞

赵中，志愿者，创办了甘肃省第一家环保NGO（非政府组织），致力于中国西部环境保护事业。

2009年10月，赵中被美国《时代周刊》评为"年度环保英雄"。在很多人看来，这是件大事。见面之前，我以为赵中应该有点明星范儿，被助手簇拥着浩浩荡荡奔赴灾区。没想到，他一个人等在火车站的广场上，一脸憨厚地笑着和我打招呼。

环保要给人实际的利益

赵中的黑色登山包已经用了10年，明显破旧，包里鼓鼓囊囊地塞着给村民带的烟和给孩子的玩具小汽车。从兰州坐火车到四川广元，再从广元转汽车到"绿驼铃"援建项目所在地茶园村，这二十多个小时的路程，赵中每个月至少得往返一趟，每次都像货郎一样大包小包，把村民需要的东西背到村里。

茶园村位于"5·12"大地震重灾区甘肃省文县中庙乡，属于国家级贫困县的重点贫困村。大地震造成茶园村多人伤亡，705间房屋、圈舍、厕所、沼气池和4处人饮工程报废。地震发生几天后，赵中来到茶园村参与援建。这个待人热情、踏实肯干的小伙子很快得到了村民的认可——对于这个很少被外界关注的小村子来说，有志愿者过来已经是一种很大的支持。

赵中在村里开展草砖房项目。草砖房以稻草、麦秸制作的草砖为基本建材，具有保温、造价低廉、抗震性强、透气性好和减少二氧化碳排放等优点。在茶园村，建草砖房的农家都会得到一些补助。赵中曾经组织村民去成都参观廖晓义的乐和家园，让村民开阔眼界，增强重建信心。他希望带给村民一些实际的利益，而不仅仅是宣传一些理念。事实上，在经济欠发达地区，如果环保不跟扶贫结合在一起，就很难进行下去。

2004年，赵中大学毕业，作为一名户外运动爱好者，他对环保有着浓厚的兴趣。这一年，22岁的赵中与几位朋友共同创建了"绿驼铃"。后来，他辞去了中国科学院兰州近代物理研究所的工作，全职经营"绿驼铃"。

在城市久了，赵中对自己的工作产生了质疑。通过宣传提高公众的参与意识固然重要，但赵中很不过瘾，有时会觉得自己做的事情不痛不痒。毕竟，作为一个民间组织，它存在的根本意义是要解决一些实际问题。

相对城市而言，农村获得的资源和关注较少，村民的知识和发展能力非常欠缺。来到茶园村后，赵中找到了实现自身价值的舞台。

做社会资源的动员者

茶园村地处偏僻，交通不便，这里山大沟深，少有耕地，村民的收入几乎都靠外出打工获得。

除了草砖房项目，赵中还负责茶园小学的援建工作。在大地震中，茶园小学校舍全部倒塌，学生被迫分流到其他小学。孩子们年龄小，学校远，所以必须有家长租房陪读，每年的房租和其他费用需要 5000 元，而且还使一个劳动力无法参与重建。对于灾民而言，这无疑是雪上加霜。

2009 年 4 月，上海的捐款人和赵中取得联系，希望在灾区修建一所学校。5 月，捐款人来到茶园村和村委会沟通，双方认识上的不同和矛盾开始逐渐显现：捐款人认为茶园村作为受益者有义务组织村民修建小学，而村委会表示大家都忙于重建，主张承包给建筑公司；在校舍的设计方案上，捐款人希望校舍采用抗震性强且环保的轻钢结构，而村委会坚持建砖混结构的房子。随后，捐款人又了解到茶园小学并没有被县教育局列入重建规划，担心学校建好后不被纳入系统之内，没有老师过来，一切都是空谈。几经波折，捐款人心灰意冷，茶园小学重建的事儿也被搁置。

关键时刻，NGO 的作用发挥了出来。

赵中想方设法协调各方关系，争取县教育局的支持。在获得"茶园小学不并不撤，并为学校配备老师"的承诺之后，赵中组织召开村民大会，讨论建校方案和出义务工的情况，让村民拥有充分的知情权和表决权，并选举产生了管理小组。管理小组获得充分授权，具体负责茶园小学的重建事务。

捐款人曾经有过放弃的念头，但是村民大会让他们重燃希望。而村民们也感受到了自己对公共事务的参与，他们的意见在最后的决定中得到了实实在在的体现。

这件事让赵中感受到社会对志愿者的逐步认可，也体现了社会对 NGO 的需求。一方面，NGO 处在社会基层，了解基层的问题，知道如何动员社区参与，如何在这个过程中实现民主决策，并且有一定的知识和技能，知道如何解决问题。另一方面，NGO 可以争取到社会资源，包括向基金会筹款，向企业和个人募捐，通过制定目标，建立良好的群众基础，从而使社区获得发展。

作秀容易，做事很难

再过几天，"绿驼铃"组织的大学生志愿者会来村里支教。

赵中希望这不是一次体验之旅，而是希望通过社会实践，让大学生能够了解灾区的情况，能够长期参与重建。对于山里的孩子而言，短短 3 周时间，至少可以让他们了解外面的世界，在幼小的心里播下种子，从而努力改变命运。

晚上，村委会的吴书记带着赵中，一家一户走访条件相对较好的村民，为大学生们安排食宿。效率实在不高——和村民交流要用他们习惯的方式，不是直奔主题，而是慢慢喝茶、烤火、聊天，一点一点安排妥当。

回到住处已是深夜，管理小组的苏大姐来找赵中。有位村民认为茶园小学的围墙阻碍了自己出行，声称乡干部曾经承诺过更宽的路。似乎是件小事，但因为这句话，赵中得去乡里和领导沟通，以免产生误会。"娃儿是为我们好，但是好多人都不理解娃儿的心。"苏大姐有些无奈。

发钱容易，拿钱做事很难，重建从来都不是一帆风顺的。茶园小学开工的第一天，只来了两位义务出工的村民。赵中和同伴只能亲自上阵，然后挨家挨户动员，时间长了，越来越多的人开始自觉加入。

午夜，同屋来山里淘金的小哥看完了古惑仔电影，昏昏睡去。山村寂静，屋内清冷。墙皮剥落，四壁上的彩条布边缘裂缝清晰可见。村里已经建起了一批新房，但很多在地震中受损的民居仍在使用。寒风不时侵入，没有火炉，赵中披上军大衣，打开笔记本电脑写项目书，凌晨 5 点才睡。早上 10 点，赵中和苏大姐一起去镇上看木材，从茶园村到公路边，需要走一小时山路。

哥本哈根气候峰会之后，环保成为热点，低碳渐成时尚。水龙头微滴储水，电表倒走节能，各种环保"雷"招频出，让人大跌眼镜。

1月17日，在广州的地铁站中，一群以宣传低碳为名的年轻人上演了一场"脱裤秀"。这一天，赵中走在山间小路上。

我不是纯粹的环保主义者

赵中曾经答过一份题为"你的100个环保行动"的问卷，结果只得了30多分。赵中自嘲，我不是一个纯粹的环保主义者。

赵中不拒绝一次性筷子，在茶园村也借摩托出行，不过技术实在不敢恭维，载着我在山路上颠簸时居然翻了车。他知道很多做法不够环保，但又很难要求自己。对于同时被《时代周刊》评为"年度环保英雄"的廖晓义老师，他只有佩服的份儿。

《时代周刊》这样评价赵中："他是污染的监督者，他号召环保志愿者在甘肃各地寻找把垃圾和有毒物质倒进黄河的工厂，公布在独立经营的全国水污染地图上，并引起跨国企业的注意。"

我向赵中求证，赵中坦言，关于"水污染地图"，自己投入的精力并不多，被广泛报道只是因为国外媒体更关注治污这一领域。如果获得认可是因为在扶贫和社区建设方面的工作，自己或许会更坦然一些。NGO只能作为社会的有益补充，现在，被强加的"监督者"身份让他深感不安。

旅行，几乎是赵中唯一的爱好，只是再也没有那么多时间可以挥霍。身为志愿者，工作起来一连几个月不休息，女友都没时间陪。每次坐火车，赵中都买上铺，无人打扰，方便补觉。有一回压力实在太大，就安排好一切，出去旅行。尼泊尔的安纳普尔纳让他念念不忘。在村里寻觅便宜而有特色的家庭旅馆，晚上在草坪上和"驴友"们纵情狂欢；在清澈的湖水中泛舟，仰望碧空如洗，看圣洁的雪山映上湖面。人过于渺小，唯有静静融入。

回来，一头扎进工作。刚刚过去的冬天，兰州空气污染严重。春天，沙尘又接连而至。作为一名环保志愿者，赵中经常遇到这样的诘问："兰州的污染这么严重，你们环保组织究竟有没有能力解决？"

赵中老老实实答："我无能为力。"因为无能为力，才敢放下工作，纵情山水。"只是偶尔为之，反正地球也不是缺了谁就玩不转的。"

她牵挂的不是天气，
她牵挂的其实是牧场和羊群。
对大自然，
她们享受着、也敬畏着。

一生终于一事 /

夏日塔拉的角落

◎ 赵剑云

这里是肃南裕固族自治县

肃南裕固族自治县隶属甘肃省张掖市,是中国唯一的裕固族自治县,它位于张掖市的南部、祁连山中段北坡,属祁连山国家级自然保护区核心区域。整个区域横跨河西五市,同甘、青两省的 15 个县市接壤,在河西走廊生态屏障中具有十分重要的战略地位。肃南县是以饲养高山细毛羊为主的牧业县,是国家细毛羊生产基地建设县之一。植被类型以高寒草甸、温性草原、温性草原化荒漠、温性荒漠为主。

近年来,肃南县牢固树立"抓好精准扶贫就是最大任务"的理念,以产业培育、基础设施建设、人居环境改善、集体经济发展为抓手,全力推动脱贫攻坚工作。

杨晓英的家

在肃南县皇城镇西水滩村牧区，我见到了杨晓英。那是五月初，中国大部分地方已步入盛暑，而地处祁连山北麓的甘肃肃南裕固族自治县皇城镇却依然冷风飕飕，皇城镇夏日塔拉大草原还是一幅早春时节的景象。这些年，考虑到牧民在山上草场过冬艰难，肃南县人民政府实行补贴和优惠政策，鼓励牧民下山定居。夏季去草场放牧，冬季在楼房里安居，牧民杨晓英也在县城里有了自己的房子。

到达西水滩村后，村委会主任介绍，过去牧民放牧是逐水而居，后来草原承包后，没有考虑到水源河道对放牧饮水的影响，致使水源、水道、牧道不畅通。近年来，气候变暖使一些水源河道干涸，人畜饮水存在很大的问题。村支书说，围栏建设使一些原有牧道人为封闭，转场距离变远，一些边远草场无法有效利用。这些遗留问题都困扰着牧区的发展。

帮扶西水滩村的是肃南县安监局。村委会主任说，肃南县安监局的领导和干部多次现场办公，为村里的贫困户解难题、办实事。

我们赶到杨晓英家的牧场，她的房子就修在牧场上，这里是她的冬窝子。所谓"冬窝子"，是指牧民的冬季放牧区。冬窝子地势开阔、风大，较之夏牧场气候相对暖和稳定，海拔低，降雪量也小，羊群能够用蹄子扒开薄薄的积雪寻食下面的枯草，而适当的降雪量又确保了牧民们的生活用水和牲畜的饮用水。

去杨晓英家之前，我先去拜访了西水滩村的村委会主任和村支书，从他们那里了解杨晓英的情况。村委会主任和村支书都是牧民，十分热情地接待了我。并亲自带我去杨晓英家。杨晓英的家靠近祁连雪山，山顶上终年积雪。一望无际的牧场在一个山谷的两边，山谷中间流淌着一条小河，小河的两边长满了灌木。河水源自祁连雪山，蜿蜒流淌在广袤的草原上。杨晓英家的羊群一到夏天，全指望这条河里的水解渴呢。

汽车停到牧场外，初夏的阳光照在一个小小的院落里。房屋都是 20 年前的旧房子。杨晓英站在阳光下，头上裹着头巾，虽然手里没有拿羊鞭，可身材高瘦的她一看就是个牧羊的女人。

那天的天空是蔚蓝的，白云从很远的地方飘来，又飘向更远的地方……

看到杨晓英，我的脑海里突然想起李娟在《冬牧场》写过的那段话："春天接羔，夏天催膘，秋天配种，冬天孕育。羊的一生是牧人的一年，牧人的一生呢？这绵延千里的家园，这些大地最隐秘微小的褶皱，这每一处最狭小脆弱的栖身之地……青春啊，财富啊，爱情啊，希望啊，全都默默无声。"我想杨晓英就过着这样的生活。以前一想到牧民的生活，只单纯地以为他们的生活是悠闲的，他们是那种可以在一望无垠的莒原上放声高歌、整天无忧无虑的人。然而在世外桃源般的地方、祁连山脚下的牧羊女杨晓英也有自己的悲欢离合。

杨晓英家有三间房，都是 20 多年的房子，一间简单装修过的

房子儿子住着，她自己则喜欢住在旁边的小屋里，那屋里的炉子
一直生着火。小屋门上挂着一个厚厚的布帘，一束很亮的光透过
布帘的缝隙，从外面照进。屋里支了一张大床、一个破旧的沙发、
一个茶几，还有铁皮羊粪炉子等简陋用具，陈设简单，潮湿的空
气里夹杂着牛粪和酥油茶的味道。杨晓英十分热情地招呼我们进
屋，给大家倒上奶茶，装奶茶的碗大小不一，样式不等，她又端
来油饼，拿出青稞酒。房子里的一台旧电视机里播放着综艺节目。
我们来之前，她大概在看电视。

她笑着说："我刚刚看羊回来。"

支书问："你儿子呢？"她说去镇上办事了。

我在一边静静地看着她，她眼睛里有淡淡的忧伤。她个子瘦高，
简单的短发、朴素的衣着、脖子上系着绿色的头巾，典型的裕固
族妇女的脸庞，可因为那样的忧伤，让她显得有些柔弱。我握住
她的手，闻见了她身上淡淡的酥油茶的味道。

杨晓英家里现在有 300 多只大羊和 100 多只刚出生不久的小
羊羔，还有 30 多头牦牛，此外，他们家还有一头小灰驴、一只灰
色的猫和一只牧羊狗。

伤心事

杨晓英今年 50 岁，丈夫 2002 年因心脏病去世。丈夫去世后，

家里欠了一屁股债，家里的光景越来越差。杨晓英有一儿一女，女儿去年嫁到兰州，儿子如今和她一起放牧。杨晓英说起她去世的丈夫，显得很平静。她说，她和丈夫是小时候放牧相识的。很多牧区少女的爱情故事都和放牧有关，比如男方的羊丢了，去找羊的时候，见到女孩，一见倾心，就经常去，渐渐地萌生爱意。杨晓英的爱情也是这样简单而浪漫，丈夫生前是个活泼开朗的人，爱骑马，爱唱歌，是草原上英俊的小伙子。可是，年纪轻轻就丢下了一双儿女和贤惠的妻子。杨晓英说，她记得丈夫生前对她说过的最后一句话。那天他去镇子上，临出门，看到院子的一个角落里放着的剪羊毛的剪刀，顺手捡起来，对她很严肃地说："把剪刀收拾好，以后你还要用。"说完就走了，再次见到他的时候，已经是冰冷的人了。杨晓英说，后来她想起丈夫的那句话，觉得那很像临终遗言。

杨晓英说丈夫在的时候，放牧的事她几乎不操心，主要是照看两个孩子，准备家里的一日三餐。她说他是个要强的人，牧场的事、羊的事、牛的事，他都管得很好，他身材高大，性格也好。杨晓英说着，又笑了。

杨晓英和丈夫结婚后，便和公婆分了家，公婆儿子多，因此，她们家分了不到 300 亩的牧场，想要扩大规模是很难的，但是，杨晓英的丈夫还是把日子过得红红火火。

丈夫出了事，她的天塌了。那时候孩子还小，儿子在上初中，女儿在读小学。儿子那时候学习好，可他知道母亲一个人在牧场很艰难，便早早辍学，回到家里帮母亲。这么多年，她一个人抚养两个孩子，操持着三个牧场：冬牧场、夏牧场、秋牧场。三个牧场在当地都属于小牧场，可是就是那样的小牧场，也超过了一个女人家忍受的限度。她一直在说，两个孩子真的很懂事。

丈夫去世后，对杨晓英的打击很大，她不知道该怎么办了。天塌了。可是伤心绝望有什么用，两个孩子要吃饭、要上学，羊要吃草，她不能一直躺着。丈夫去世后，很多好心人来帮她，丈夫的同学还凑了几千块钱帮家里还债，她一直很感恩。她的兄弟，还有丈夫的兄弟姐妹们也经常来帮她，让她渡过了一个又一个难关。县安监局的人也来帮她。得到这么多的帮助，她充满了感恩。她常对儿子说，以后一定也要多帮助别人，她和儿子从来没有忘记过大家对他们的帮助。

儿女

说起孩子，杨晓英露出了久违的笑。她说两个孩子都很懂事，是她最大的安慰。她说，如果他们的爸爸没去世，或许儿子会考上大学，到城里上班。儿子小时候学习成绩一直很好，老师们都很看好他，可是他们的爸爸一去世，儿子当时就提出不想上学了。她一直劝儿子去读书，可是儿子还是放弃了。儿子现在帮她放牧，冬天偶尔会去城里打临工，牧场上的事、家里的事她现在基本不操心了。

她叹了口气说："孩子们如今长大了，我也老了。"

女儿在城里打工的时候，挣的钱都交给她。女儿结婚后，还是和过去一样孝顺。她说，孩子们是她最大的安慰。在路上的时候，听村支书说，杨晓英为了两个孩子就再没有改嫁。丈夫去世的那年她才 37 岁，还是很年轻的母亲，如今她已 50 岁了。

我问她："就没想过再找个老伴？"

她笑了，摇摇头，说："习惯了，不找了。"

杨晓英说劳累一天，最大的安慰就是和儿子围着炉子喝奶茶、吃油饼的时候。儿子话少，她的话也不多，他们会静静地看看电视，然后早早睡去。每天日子都是如此。我问："这样的日子枯燥吗？"她说："习惯了。"她从小就过着这样的生活，真的习惯了。儿子的朋友们来家里，他们互相扯皮谈笑的时候，她就在一边静静地听着，也跟着他们笑。

她又补充说，儿子热情，朋友多，家里经常来人。

牧场

走出杨晓英家，就是她家的冬牧场，远处是一览无余的草原和宁静而雄伟的祁连山雪峰。西水滩村的牧场在祁连山深处，驱车走上大半天，也见不到一个人，但羊群满地都是。这片草原上的人世世代代以放牧为生，他们过着四季轮换的游牧方式，不过现在他们的牧场都固定了下来。他们主要牧养牦牛、高加索种的细毛羊和马。

杨晓英说，现在气候干旱多了，她小时候牧场就比现在好。她常听她爷爷说，好的牧场是"奶水像河一样流淌，云雀可以在绵羊身上筑巢孵卵"。现在那样的牧场真的见不到了。现在的牛羊只能在自家的固定牧场吃草，不能像以前那样随意走动，不过的确是好管理了。每个牧场四周都围了铁丝围栏，牛羊根本出不去。也有调皮淘气的牛羊，很淘气地偷偷钻出铁丝围栏。各家的羊身上有不同的颜色，找起来也容易，周围的邻居看到了，就会送回来。有的也许迷路了，走得越来越远，就找不回来了。

杨晓英说话的时候，天地空旷，四野无人，云朵迅速飘移。我低头看到她脚下的草，正在泛着嫩绿的光晕，一根一根笔直地立在暮色中。

杨晓英说，皇城的夏天春天来得晚，五月份下雪也是常有的事。每年六七月份，牧场才能变绿。最美的时候是八月份。那时候草原上的吉根苏草花盛开了，雌雄花穗紧密排列在同一穗轴上，像酥油灯，站在坡上，感觉千万盏酥油灯布满草原。而且，这种草营养很高，牛羊吃了特别催奶、催肥，小羊羔吃了长得飞快。

自从牧场固定下来后，杨晓英在冬牧场和夏牧场都盖了房子。他们如今不住帐篷了。杨晓英说，小时候，他们是住帐篷的，尽管帐篷没有房子好，但在帐篷里度过的童年生活，是她非常难忘的。说起小时候的帐篷生活，沉默寡言的她，话一下子变得多起来。现在草原上几乎看不到帐篷了，只有在个别的夏牧场能看到一些黑帐篷，她说着叹了口气。

我问到牧场迁徙，她说："五月底就准备从冬窝子搬往夏牧场了。我奶奶说过，我们的祖先，是自幼追赶牛犊、拾牛粪、接羔剪毛、骑马放牧，四季迁徙的民族。现在的迁徙和奶奶小时候比，真的轻松多了。"杨晓英家的两个牧场很近，转场两三天就完成了。儿子去年买了二手的皮卡车，搬迁就更方便了。

杨晓英说，她在冬牧场和秋牧场一般赶羊都骑摩托车，在夏牧场一般都骑马，或者步行，夏牧场的海拔高，牧场比较陡峭。

羊们

杨晓英每天早上起来，洗漱完毕，做的第一件事就是撒羊。羊在铁丝围栏里张望着，咩咩声此起彼伏。她说，一起来，满草原都是羊群饥饿的叫喊声，一听声音就知道，它们的肚子又空了，它们一刻也忍不住。

杨晓英裹了下头巾，笑着说："每天一起来就先把羊撒出去，这些家伙如果不出栏，它们吵嚷着饿，你别想有一刻的消停。"说着，她打开围栏，羊儿们争先恐后地往出跑。一会儿工夫，羊群已经跑到屋子背后的山坡上。有的小羊羔稍一贪玩，就和羊妈妈分开了，它们着急地找妈妈，那样子让人忍俊不禁。杨晓英看着羊群走向远方，她嘴角一直带着微微的笑。

报纸在牧区是稀缺的，报纸有很多用处，杨晓英会把儿子从镇里买来的报纸带到山上，反复地读。读完后，她会用来糊窗户糊墙。家里的旧衣服、破衣服，从来都是有用的，衣服缝缝补补后，做成小羊羔穿的衣服，变成可以穿戴在动物身上的御寒的衣物。杨晓英说，每年新出生的小羊羔都要穿，它们和出生的孩子一样，都怕冷。

杨晓英能听懂羊羔之间的话，羊饿的时候、吃饱的时候、高兴的时候，不同的叫声，她都能分辨出来。她说，出门几天，最牵挂的就是家里的羊啊，牛啊。

春天接羔期，她寸步不离地跟着那些待产的母羊，小羊羔出生后，她日夜照料。夏天剪羊毛前，羊毛太长了，有些羊身体太重起不来，她得一个个拽起来。羊渴了，她赶着它们去河边饮水，天黑了，又赶着羊回家。

但她说，其实最闲的时候，就是把羊撒出去之后，她静静地坐在山坡的石头上，看着那些羊吃草。我问她："下雨天也出去吗？"她说："天天要出去，羊和人一样，天一亮，就饿了。"放羊的时候，她看看手机，听听广播，有时候就那样看着羊静静地吃草。

在草原生活久了，会长时间沉默。有时候，她会和羊说说话。天地间，人是那样的渺小，有人与羊的相互依存、人与人之间的相互温暖、人与自然的相互眷顾。那样寂寞，那样安静，看到飞鸟也会觉得亲切，唯一温暖她的是羊。有时候，羊吃着草，杨晓英就睡着了。她说，牧民就是这样，累了就躺在草原上，像羊一样，安静地睡去，一般会睡得很沉。

杨晓英说着，拉我去看她家刚刚出生的几只小羊。刚刚晴朗的天空，忽然阴云密布。她说，草原的天气就是这样，说变就变。

杨晓英这么多年养过很多的羊，有些羊会和人特别亲。

我在路上听到很多羊和人的故事。杨晓英最近每天都在照顾一只刚刚出生不久的小羊。那只小羊出生后就比较羸弱，羊妈妈不认它。杨晓英说，以前也遇到过母羊生下小羊不喂奶的事，但是它们都知道谁是谁的母亲，谁是谁的孩子。杨晓英经常会抱着那些吃不到奶的小羊羔，给羊妈妈们唱一首古老的歌谣。她说，那歌是奶奶教给她的，歌声很有魔力，那些听了歌的羊妈妈们的母爱被唤醒，都高高兴兴地给自己的孩子喂奶了。唯独现在这只小羊羔，它是意外降临的，过了产羔期了，它才出生，它的妈妈很难分辨，所以每天她都要给它喂三次奶。杨晓英去给小羊羔喂奶，我跟着过去，看到小羊羔半跪着吃奶的样子，我很震惊。

我问杨晓英每年最忙的时候是什么时候。她说，每年接羔和剪羊毛的时节是最忙的时候。小羊羔出生在春末，那段日子，真是要忙死了，他们整整一个月会跟着母羊漫山遍野地跑，为的就是找刚出生的小羊羔。一看见刚刚出生的小羊羔，就给母羊和小羊标上记号，把小羊羔抱回来。如果不及时抱回来，小羊羔就会有危险，天上的老鹰在整个产羔期都盯着草原上的一举一动，乌鸦也是。老鹰会叼走小羊，乌鸦则会啄瞎小兰羔的眼睛。还有那些大羊们，一不小心也会踩死小羊羔。每年的产羔期，她会和儿子累掉一身肉。

剪羊毛的日子比接羔要闲一点，周围的邻居和家里的亲戚都会来帮忙，几天就剪完了。剪完羊毛，很快就要准备牧场搬迁。

日子

在夏日塔拉牧场，和很多牧民一样，杨晓英的生活是安静的。男人们闲下来会聚在一起喝酒，孩子们都去镇上上学了，女人们很少聚在一起，她们只是默默劳作。有时候，坐在山坡上，看着羊群。她每天赶羊、挤牛奶、洗衣、做饭、放羊、赶羊，不断地迁徙……

日子寻常，甚至有些简陋。

和杨晓英看完羊回来，她又一次摆开碗，大家围坐在炉子边，屋里的灯开着，光线依然很暗。她给我的碗里添了茶，说："喝茶吧。"外面的风越来越大，雨随时到来。羊粪炉子的火小了许多，杨晓英去拿羊粪，添了新的羊粪，炉子的火一下子旺了起来，茶壶在铁炉子上咕嘟嘟响。

杨晓英说，她出生在夏日塔拉大草原，将来也会在这里死去。我说，这里在我看来就是个世外桃源，你们过着与世隔绝的简单生活。

杨晓英说她去过城里，去过兰州、张掖，还去过青海的一些地方。城里太吵太闹了，到那里待不了三天，就想念草原了。杨晓英笑了一下，接着说："其实我的每一天都是重复着过的。放牧对你们来说很复杂，对我们来说非常简单。就是日子一天天过得很慢，很慢……"

微信

杨晓英也有微信，这是非常令我吃惊的事。在那样的旷野里，她们都用手机，都有信号。我到几家裕固族牧民家做客，她们都会发微信。全球化的背景下，天空之下，再无新鲜事。

杨晓英微信朋友圈的关键词是天气。

"今天雨下得大，就是个睡觉了……"

"每天下几次，唉……"

"好雨……"

"大晴天快好好晒晒太阳吧……"

"这老天从立夏开始变得跟冬天一样冷……"

天天刮风，怎么老天不下点雪啊"。

或者什么也不说，就是发几张草原的照片。牧民最关心的就是天气，而带给她们最大安慰的也是天气。天晴了，太阳出来了，很温暖。他们关注夜晚明亮的星星、暴风雪后圣洁的草原、雨后的彩虹，以及干旱带来的焦虑。她牵挂的不是天气，她牵挂的其实是牧场和羊群。对大自然，她们享受着、也敬畏着。

牧道和自来水

前几年，杨晓英被村里确定为贫困户，她还领着每月 300 多元的低保，再加上儿子的帮忙，日子越来越好了。她家的羊从三年前的 100 多只，如今增加到 300 多只，今年又出生了 100 多只小羊，明年羊会更多一些。羊多了，原来的牧场太小，她又租了村里牧民的 1000 多亩牧场。她说牧场大了，以后就可以养更多的羊和牛了。过去让她最发愁的是水和路，那么多羊每天都要喝水，原来要到十几公里外拉水，光拉水每天要耗费大半的时间，赶上下雨下雪的天气，路十分难走。 精准扶贫行动开展以来，在帮扶单位协调下，这里投资几百万元修建自来水工程，解决了吃水难的问题。如今杨晓英的冬牧场通了自来水。水的问题解决了，她一下子轻松了许多。杨晓英带我去看她家门口的自来水。她拧开自来水，手里拿着管子，给羊羔盛水的水槽里放水。

这么偏远的牧场家家都通自来水，真的是个奇迹。牧业村和普通村庄是有本质的不同的。牧业村地广人稀，开车几十公里可能还没有走出村庄。

杨晓英说："政府花这么多钱给我们通了自来水，真的非常感激。在过去，这是做梦也不敢想的事。"

杨晓英又说到牧道。她说，自从修好了牧道，真的帮大家省了不少力。以前的牧道坑坑洼洼的，一下雨根本不能动弹，牧场搬迁十分艰难。现在，牧道变成了沙土路，方便多了，搬迁牧场也省了很多力。

去年，杨晓英和她儿子在镇上买了新楼房。新楼房有 80 多平方米，装有暖气，她每年冬天会去住上几天。买新房，家里多少欠了点账，不过儿子说，一切有他呢，让她放心。

我问杨晓英："现在最大的心愿是什么？"

她笑了，现在儿子还没有成家，她希望儿子尽快能找个好媳妇，那她就满足了，也不操心了。

离开杨晓英的那天傍晚，天下起了雨，杨晓英没有打伞，一直目送着我们的车，走了很远。我看到了她的孤独，也看到了她的坚强。

忘记他们,
整个世界
都会老无所依。

〰〰〰〰〰〰〰〰〰〰〰〰〰〰〰〰

一生终于一事 /

吃土豆的人

◎ 张海龙

陈庆港,《杭州日报》首席记者,代表作《走出北川》获得52 届荷赛突发新闻类一等奖。

一

荷兰画家凡·高有一幅名作《吃土豆的人》,画出了人类的生存困境——贫穷。

为什么要画这样一幅看起来并不是很美、很艺术的画?

在写给弟弟提奥的信里,凡·高讲了他的道理:"我想清楚地说明那些人如何在灯光下吃土豆,用放进盘子中的手耕种土地……老老实实地挣得他们的食物。我要告诉人们一种与文明人截然不同的生活方式。"

　　跟凡·高一样，摄影师陈庆港也想用镜头呈现出贫穷的中国农民是怎样活着的。那是与我们这些所谓的文明人完全不同的生活方式，那是一个与飞速崛起的时代并行的乡村中国。为了保证纪录的真实与完整，他选用了 10 年这个时间跨度。10 年里，他每隔一年都循着同一路径抵达中国中西部这十几户人家，就像游子重返家乡。

　　在陈庆港之前，没有像他这样的人来过这些村庄，更不用说像他这样 10 年里定期必至。那些农民起初当他是个来过就走的记者，向他递状子喊冤屈说官司；来得多了便见怪不怪，当他是谁家的远房亲戚，给他卷个烟卷、递个洋芋、土炕上让个地方；再后来成了熟人，就干脆当他是村口的一块石头戳在那儿，看见也当看不见。就这样，他用 10 年时间在农村扎下根来，然后看到更多真实的底层生存状况。

　　你知道，这个国家正在用百米冲刺的速度跑马拉松，生活烈火烹油，经济发展令人血脉偾张。人们熟知的，是大城市和现代化；人们谈论的，是 GDP 和新经济。在单向思维与催眠信息里，人们固执地认为，大国正在崛起，中国领跑世界。

　　可是这个摄影师不合时宜地抛出了一堆照片和 10 万文字，说，瞧瞧，中国还有这样一群穷人，别当他们不存在。他像农民种地一样，笨拙地记录下中国农民的生存状况。他的镜头从不说谎，让贫困真相立此存照，让生存细节凸现真实。

10 年执拗，成书一册——《十四家——中国农民生存报告》。

二

第一次目睹贫困，是在陕北的一孔昏暗的窑洞里。

那种真实、切近的贫穷，他至今历历在目——

"那种穷法用语言根本形容不出来，真的是什么都没有，用家徒四壁来形容都还不够……我从来就没见过那么穷的人。当时我就傻了，像是被一巴掌给抽醒了。后来，我成天满脑子就一个念头，想知道中国还有比这更穷的地方吗？在那种贫穷面前，我们所有人都应该感到羞耻……"

他几乎马上就给自己的镜头赋予了使命——拍摄中国最贫穷的农村。

他给民政部扶贫部门写信，申请要一份中国贫困县的资料，以作调查索引。民政部很快回复了他，并提供给他一份全国数百个贫困县的完整资料。接下来，他按照那份资料跑了一趟中西部，从各省区民政部门那里要来贫困村的资料，随机抽取了这14户贫困家庭——

甘肃省岷县李沟乡纸房村六社：车应堂家、车换生家、车虎生家；

甘肃省宕昌县毛羽山乡邓家村：郭霞翠家、王实明家；

甘肃省武山县马力乡双场村：李德元家、王想来家；

云南省镇雄县安尔乡安尔村坪子社、小米多村水井弯社：李子学家、高发银家、王天元家；

云南省会泽县大海乡二荒箐村公所马家凹子村：蒋传本家；

山西省大宁县太古乡坦达村：史银刚家、李栓忠家；

贵州省毕节市朱昌镇朱昌村七组：翟益伟家。

以此 14 家为代表，那些长期被忽略的贫困现实在陈庆港的镜头中留存下来。

车换生家，男主人拉架子车讨生活，捆绑、过磅、装车，然后拉着 2500 斤药材跑 3 公里，再卸完货，一次只能挣到 2 块钱人民币。就是这 2 块钱，也不是天天都能挣上。他家只有 1 亩地，半亩在 1 里远的东边，半亩在 2 里远的北边，如果没天灾，粮食只够全家 3 个月的口粮。因为碗不够，所以每次吃饭总是女主人看着爷仨先吃，等他们吃完后她再吃。

李德元家，地里收的粮食仅够 5 口人 3 个月的口粮。政府供应的救济粮 5 角钱一斤，没钱买，只好作废。10 月份，家里所有能吃的都吃完后，李德元和张玉萍领着大女儿李双环外出讨饭。

王天元家，去年收下的苞谷今年 4 月份就吃完了，地里的苞谷要到 8 月才熟。去年收的洋芋今年 1 月份就吃完了，现在在挖地里的洋芋种吃。全家 6 口人一年要吃粮 3600 斤左右，每年都有三四个月没有粮吃。

李子学家，家里拿不出学费，李文福和妹妹李文萍不再上学。由于欠着别人 1000 多元买粮钱没还，债主就让李子学帮工抵债，点苞谷、背粪、背草、盖房子、锄苞谷地，什么活都干，一天抵10元钱，在那吃饭抵8元钱。

目击的贫困现实越多，手持相机的陈庆港越感到羞耻。因为这种克服不了的羞耻感，他决定深入下去一探究竟。

一旦迈出探寻的脚步，真相就像被一层层剥开的洋葱，让他泪流满面。他发现，现在的中国社会形态，不仅有21世纪的生活样本，还有20世纪、19世纪、18世纪的生活样本。所有生活样本混杂并处，就像断裂的岩层里挤满了矿石样本。一句话，贫困作为事实大面积存在着，这才是真实的中国。

可是，看不见并不等于不存在。你看不见的，他替你去看见。

三

因为食物稀缺，所以"民以食为天"。

在书里，他多次提到洋芋，那是穷人们主要的口粮。洋芋就是土豆，整个中西部都是这个叫法。看看这些"吃土豆的人"吧。

2004年，车换生家收了200斤小麦，600斤洋芋。

2004年，蒋传本家收了5000斤洋芋，500斤燕麦。

车应堂拉砖翻了车……坐了一会儿后，他一口气把半个馍和4个烧熟的洋芋吃完，双腿又有了知觉，来了劲，就先用两手撑地，慢慢站起来。

结婚那天，罗天全一早出发，中午到了小妹家。罗文秀做了苞谷饭，还有烤洋芋和酸汤，招待新女婿。

……

"穷苦农民"是画家凡·高和摄影师陈庆港"命中注定的主人公"。

凡·高这样形容那些穷人："他们看上去就像野兽……都有张黑色或土褐色、被太阳晒焦的脸，他们倔强地在土地上劳动……晚上他们回到窝棚里啃黑面包，喝水。他们的劳动使得别人可以省去播种的辛劳，为了生活，他们努力收割，却只是维持生计。"

仔细看去，这些"穷人"如此相似，他们的眼神，他们的气质，他们的犹疑，他们的软弱，他们的无奈，他们的惊恐，他们面对土豆时的神情全都如出一辙。在这苦难的人世间，这些穷人们从来都是老老实实耕种土地，挣得食物，对生活别无奢望，但日日劳作，却连维持生存的基本需要都很难满足。

除了无可抵挡的贫穷，坏运气也几乎伴随着每一户农民家庭。

2001 年农历正月，李文福到河南打工，被人拉到离郑州不远的中牟县的黑砖窑里，干了四个多月，没有拿到一分钱。

2003 年，上初三的郭春燕患上神经衰弱，不能再上学，在宕昌县看病，前前后后花了 1900 多元钱。

2003 年冬天，郭成松肺部感染，得了肺炎，治病花了 500 多元钱。

2004 年正月，蒋厚忠癫痫病发作。

2004 年 6 月，翟益伟的老婆李萍会在浙江黄羊矿洞里拣矿石时被埋。

......

为什么？哪里出了问题？难道劳而无获就是他们的命运？

仅仅记录"活着"，显然非陈庆港所愿，因为"活着"本身并不能够作为人生的最高价值而存在。他想追问这时代的对错根源，探究所谓贫困现实的真相，并努力寻找一切变化的征兆。他内心有种冲动，就是想让这些"沉重物"激发出灵魂的丰盈，让我们生出恻隐之心，去和那些"吃土豆的人"对视片刻——他们需要关注。

他被这样的数字弄哭过：2004 年，二荒箐村人均年收入人民币 370 元，粮食 285 斤。

四

"十四家"的故事，结束在 2010 年的春天。

以"夏秋冬春"四季为纵轴，单独拎出"2000 年、2004 年、2007 年、2010 年" 4 个年份为横轴，让生活的标准线一路向上，总算让故事在结尾的春天里略微明亮起来——

2009 年 7 月，车应堂家拆旧屋建新屋，10 月搬进新屋。

2009 年，车换生打工挣了 9000 多元钱。这一年他做了 200 多天工，是他打工以来最多的一年。2010 年正月，新屋开工。新屋有 4 间房，砖墙瓦顶，坐北朝南。

2009 年，车虎生家重新开始养猪，总共养了 9 头。2010 年农历三月，他家买了一辆价值 6680 元的农用三轮车。

　　……

　　这"十四家"任何一点好的变化，都会让陈庆港感到欣慰。他试图借此看到这 10 年里中国农村贫困地区更多的变化，看到中国数以千万甚至上亿计的贫困人口正在摆脱贫困的全部努力。有时，他也会问自己，这 10 年跟踪记录意义何在？关注贫穷又能给这个已成为世界第二大经济体的国家构筑怎样的社会价值？

　　他说，正是他们的贫穷才成全了世界的富有，而繁华世界早已将他们遗忘。这不公平。

　　而忘记他们，整个世界都会老无所依。

乡村风景

◎ 张 卫

春末，下乡采访，夜宿农家。窗外满天星斗，料峭春风吹得瓦响。

夜不能寐。这是第几次下乡做"三农"专题了？不愿细想，只想为那些脸朝黄土背朝天的人们说点真话。铺间似有虱蚤，极痒。虽惹下一身红疙瘩，但亦肤浅地感受着乡人的不易，包括他们喂养的牲畜的不易。

先讲一匹马。马主人叫刘华勤。我和他相遇是在去任家沟的路上。那儿离城市不过百余里，属大娄山脉腹地，紧邻贵州。

上午 10 点半，刘华勤和马已在能通公路的观音塔和不通公路的任家沟之间走了两趟。阳光洒在田坎上，紫色的蚕豆花轻轻摇曳。风熏，人醉，马忽然停蹄，让刘华勤有些生气，遂大吼："走哇！才走几趟哇，你就想歇脚了？哪有恁松活的事！"马顿了顿，又走。

从观音塔到任家沟，大概 4 里地，马走一趟 50 分钟，"人走只要 20 分钟，马驮重，路上得歇气”。一趟力钱 5 元，两趟 10 元，25 公斤一袋的化肥，马一次驮 6 袋。

走到观音塔河沟边，因头晚有雨，下坎的路泥泞，马有些迟疑，刘扯起嗓子又吼：“走！走哇！”马抬蹄一步步往坎下滑。刘急了，一边伸手拽住马尾巴，一边叮嘱它：“你小心点嘛，莫崴了脚！”

我注意到，他跟马说话就像跟人一样，但却没给马取名字。问为啥不取，他笑了笑：“牲口嘛，生来就是做活儿的，要啥名字哟！”后有村人悄悄告诉我，刘华勤疼马比疼人还厉害，因为马是他花 3000 元从贵州买来的。按任家沟的人均收入算，他可是花了血本。

有个例子可说明马是他的心尖尖：夏天最热时，刘一天要给马喂五六个鸡蛋，这样的待遇，就连他亲娘老子也没享受过。“那么毒的日头，驮那么重的东西，人也受不了啊！”刘憨憨地说。不仅如此，一个蛋也舍不得吃的他还把自己的草帽让给马戴，“为啥呢？一家人的希望都在它身上呀！”

任家沟无公路，修房铺瓦、买水泥、进化肥……进出货物都靠刘和他的马。马刚买回来时，他担心得要命，怕它失了前蹄，怕它生病，毕竟借了那么多钱，输不起呀！还好，马争气，除偶尔在路上与主人斗气外，一年多来干活没扯过皮。

一年下来，48 岁的刘华勤还了买马的本钱，每天还有二三十元赚头。但只要别人说到赚头，他就忿忿然：“哪能那么算嘛！

马每天三顿还得花 10 多斤谷豆钱呢！再说啦，马的折旧费还没算呢！"所谓"折旧费"，是指马整天驮重，老得快。

一次，刘华勤丈母娘家有急事，有村人自告奋勇为他牵马。一天下来，牵马者逢人就诉苦："恼火，腿脚酸软不说，连屙尿都疼，这活儿不是人干的，只有马才做得！"刘听后苦笑："其实，马比人更遭罪，晚上觉都睡不成。"原来，驮马不能躺，一躺腿就软，软了就废了。所以一到夜间，刘就将缰绳挽得只剩个短扣，让马无法躺下。站了一晚的马早上打几个滚儿，就算是休息了。"马比我还苦啊！"与马比，主人觉得自己是在享福。因为马，他成了任家沟为数不多的每月有几百元固定收入的人。

马，是他的命根子。

第二个故事的主角是一条狗。它叫贝蒂，一条德国猎犬，黑毛夹黄，在任家沟几十条土狗中如鹤立鸡群。乍看之下我先一惊：山野之地，哪来这么大的狗？

贝蒂的主人是沟头的幺娘沈君碧，贝蒂是她城里亲戚家的，因城里不准养大狗，亲戚就把贝蒂送来任家沟，说是暂住，结果一住就两年，权当不要了。刚来时，贝蒂对幺娘用红苕加苞谷煮的猪食闻都不闻，幺娘笑了，以为它肚小。饿了十几天，贝蒂不仅连田埂边的草都要吃，还学会了捡别人扔下的臭骨头。下乡没多久，曾经油光水滑的贝蒂饿得瘦骨嶙峋，额头上还被土狗惹起了癞子。

虽如是，贝蒂仍威风，吼起来一条沱都听得见。每到种草莓秧时，村人就排队到幺娘家借它去照看。于是贝蒂每晚坐在大路边草莓棚里，一有风吹草动，就张开大嘴，吼得满沟嗡嗡响，连鬼都能吓走。任家沟人都夸它是条看家好狗。

其实，贝蒂本是经过训练的洋狗，特别懂规矩，不幸流落乡间。收草莓时，摘下的果实就圈在地坝里，贝蒂走来走去，饿得口水流了一地，但绝不碰一下，偶尔有一两颗掉在圈外的，它才敢下嘴。

但幺娘却不喜欢它："太能吃了，家里本来就穷，被它吃得更穷了！"幺娘喂了 3 只公猪、1 只母猪、8 只小猪，每天煮两大锅猪食，贝蒂一顿要吃三大碗，有时还得给它祭祭嘴，送上些米饭。因此幺娘一直想把它送人。

我到任家沟采访时，幺娘已托人打探到南岸工地有个老板缺条狗看建材，派人来看过，愿意出 800 元买下，而贝蒂当初在城里时，配一次种都要上千元。"谁不知道它是条好狗呢？但人要吃饭呀，总不能让狗和人争饭吧？"幺娘喃喃地说。现在，她每天最盼望的是："那个老板啥时来牵狗呢？"

第三个故事是关于一双手。

在任家沟，一个老农的手引起了我的注意。那是一双青筋凸起、伤痕累累的大手，左手食指缠着的胶布，脏得分不清颜色。老农 67 岁，叫刘田慧，黑瘦、健康、善言笑。问他："你晓不晓得中央专门为农村出了个一号文件？"他呵呵笑道："你说了，我不就晓得了吗？"笑过，才说自己不但知道一号文件，还知道农村全面小康的核心指标是农民人均可支配收入的标准，"我们西部地区要达到 6000 元，东部地区是 8000 元！"

原来，刘田慧是 20 世纪 50 年代的高小毕业生，年轻时干过石匠。据他介绍，任家沟社原先在册共 44 户，409 人，除去外出务工及迁移的人口，现不足 300 人；公有财产除各户轮流喂养的两头大牡牛，唯一能让人回忆起集体温暖的，是路边一滴水也没有的水渠，部分渠段已坍塌；全社以种粮为主，种草莓为辅。

听说我来调查农业现状，他又呵呵地笑，说："有啥好调查的！不就是算账吗？哦，对了，你是要听真账呢还是假账？"

我有点来气："这还用问吗！"

他就掰起指头算给我听：种谷一亩，耕牛算自家的，力钱 80 元，种子 1 公斤 37 元，化肥 200 斤 68 元，农膜 20 元，农药 30 元，年灌溉费 15 元，若加上挞谷子时请人帮忙的力钱，一亩成本 700 元左右。任家沟的常年亩产量为 1000 斤，除去成本收入约有 600 元，"前提是那田必须你自己种，如果请人种，600 元就泡汤了"。

我一直盯着他那双手，问："那么草莓呢？有多大赚头？"

他又掰起指头算给我听：一株草莓苗 0.1 元，下肥 1400 斤到 1500 斤，加地膜（覆苗）、天膜（搭棚）、农药，1 亩草莓的成本是 1500 元，头年 10 月下种，第二年四五月间收摘，按亩产 2000 斤到 3000 斤算，草莓收购价 0.7 元到 1.5 元 1 斤，收入 2000 多元，除去成本，也就只有几百元。

那么猪呢，总该有得赚吧？

"猪就更说不准了！"他长叹一口气，说前两年还有得赚，今年又让人恼火了，"一头生猪的成栏期一般在七八个月。一只小猪 60 斤重，1 斤 3.5 元，抱回家要 200 元。一头猪 8 个月喂苞谷 500 斤，1 斤苞谷 1 元，500 斤要 500 元，再加上其他饲料 300 元，光成本就一千多；成栏猪一般在 250 斤到 300 斤之间，收购价是 1 斤 5.6 元到 6 元，一头猪卖不到 2000 元，除去请人抬运的费用（300 斤重的猪要 4 人抬，每人力钱 20 元），加上免疫检测、屠宰等费用，搞不好就倒亏！"

我糊涂了："既然都没得赚，那还有什么意思呀！"

刘田慧呵呵地笑，不紧不慢道："你以为这儿是城里的工厂，亏了可以关门？那么大的田坝你关得了吗？再说，不干这个，我们又能干啥呢？农村嘛，就是这样一年年循环着，才活得下去呀！"

我沉默了。半晌，他突然提出一个问题："几十年了，没有人也没有哪个单位下来测验一下土地质量。年年都下化肥，谁知道土地变没变质？还能种多久？"一个老农把我问住了。

据调查，如今任家沟唯一值钱的是沟背面那片大石滩，"有 50 亩宽，一天采 100 方，100 年也采不完"。刘田慧说前些年村干部想引资搞开采，但得先修一条路，"人家一听修路要花几十万，退了"。沉默良久，又说："如果有人领着干，我愿像当年修水渠那样，拼了老命再上阵！"说罢，挥了挥他那骨节嶙峋的大手……

离开任家沟时，阡陌田野春光明媚，放眼一片新绿。一群踏青的城里人花红柳绿地打我身边走过，他们嘻嘻哈哈打闹着、拍照片，感叹这儿风景好，"今后要能来这里养老，该多好啊！"我听着，不知该笑还是该哭。毕竟，他们只看到风景，看不到沉重。

"农民真苦，农村真穷，农业真危险！"多年前，一个叫李昌平的乡党委书记向中央上书直言"三农"危机时，足以让每个关心自己手中"米袋子"的人心灵震动。

事实上，自6年前的春天起，中央每年均以一号文件来确定农村工作的方向、目标和任务，旨在解决农业问题。这一决策是有效的，它所产生的影响越来越深远，效昊也越来越显著。

但在西部不少农村，仍存在这样或那样的问题。就我所居住的城市看，共计辖有40个区县，有农业人口2400万，耕地2000万亩，因水利设施严重滞后，目前有效灌溉面积不到50%，粮食产量长期徘徊在1100万吨左右，每年需从东北、湖南、湖北调粮100万吨—这就是一个农业大市的现状。2008年全市农村人均纯收入只有4126元，与城里人的差距越来越大……

怎样才能让农民真正富起来？他们的心声究竟是什么？通过与他们的近距离接触，包括同吃、同住的艰难采访，我再也写不出那种轻飘的华丽文字。是的，"农民不富，国家不富"，祈愿我那大山深处命运多舛的农民兄弟，从今走上幸福之道，那才是真正的乡村风景……

我相信，并期待。

长长的队伍，
男和女，老和少，
连狗、马、牛都加入队伍，
排成长龙，送敬爱的陈老师。

一生终于一事 /

高天上流云

◎ 蔡　成

　　窗台上露出半截脑袋瓜，陈东往那儿瞅，脑袋一低，不见了，陈东继续上课，脑袋又偷偷浮上来……陈东的心乱套了，他走近窗台，探头，没看到脑袋，只看到背影。瘦瘦小小的背影，落荒而逃。跑不远，摔倒，爬起，慌慌张张回头，又继续跑。是个女孩，眼睛大还是小呢，没看清。

　　隔日下午，文老师在教室里领着孩子们唱歌，陈东又见那女孩趴在窗台上。陈东轻轻咳嗽，女孩回头，嘴巴大张，估计吓傻了，半天才"哎"一声，想跑。陈东一伸手，扯住她。

　　"你叫什么名字？"那圩学校没办公室，陈东将女孩领进宿舍。陈东和向老师住一起，宿舍兼学校体育用品室，是陈旧的木头房，向东倾斜6度，真的是6度，负责教数学的向老师用量角器测过。

　　女孩不作声。她的左手藏在身后，身子在抖。陈东微笑，拍拍她的肩膀："别怕，跟老师说，你干吗不来上学？"陈东无意间，看清女孩的左手了。她的手腕曲向内侧，红伤疤很醒目，大拇指和食指直挺挺张开，余下三指连在一起，紧贴手掌。

女孩叫韦流彩，11 岁。

后来陈东去流彩家。

没觉得意外，房子破烂不堪，两间屋，一间卧室（厨房也在卧室内），一间牲口棚。又觉得意外，屋内光线昏暗，却分明见里面整洁干净。牲口棚里立匹马，吭哧吭哧嚼草。草有点儿凌乱，但棚内肯定打扫过，不显脏。马毛光亮顺溜，一匹好马。

一路上，流彩的小手始终握在陈东的大手里。现在，流彩跳开去，屋前屋后大喊大叫："姐姐，姐姐！"声音慌张，又欢快。

姐姐终于出现，手上握锄，脚步匆匆，身后的辫梢随身子的起伏敲打腰身。陈东心里暗香浮动，多年没见过这么长这么亮这么粗的辫子了！他曾经的大学女友，也有这么好看的辫子。

"流云，你好。"陈东自我介绍，"我叫陈东，是那圩学校新来的支教老师……"流彩早公布姐姐的名字了，这名儿好。

流彩并非只有一个姐姐，她们还有个哥哥，去广东肇庆打工，和一个当地女孩结了婚，两口子回过那圩老家一次，之后就再没音讯。流云低头，不敢看陈东，仿佛犯错误的学生。流云说话，声音像温柔的小羊："我没办法……"这是大实话。流彩刚 3 岁，爸爸就死了。妈妈病了好些年，花光流云在广东打工三年多省吃俭用攒的钱，没治好，前年某夜，拖着只有七十多斤的身子从家里爬出门，找棵歪脖树，用根绳子，偷偷吊死了。

流云说："我本来想好的，若赶上风调雨顺，玉米能有好收成，卖出好价钱，就送妹妹去读书……"话虽这么说，其实流云并不这么打算，她的心里悄悄埋着一个只有自己知道的计划——今年她不单给自家地里全种上玉米，还包了村里几户留守老人家的地准备种玉米。她每天向天祈祷风调雨顺，能有好收成。她想攒够钱，先送妹妹去城里医院，把妹妹的手治好后再送她去读书。她不想妹妹被学校里那些调皮孩子欺负。

陈东质疑，牲口棚里有骏马，妹妹的学费却没有？流云脸红了，脸红的她比不脸红时更好看。流彩说得没错，她姐姐真的是那圪最美最美的姐姐。流云解释，那是别人家的马，她帮人家养。因为，她家没牲口，收玉米时，得借人家的马驮玉米去集上卖。

陈东说："让流彩明天来上学吧，我帮她申请学杂费全免。流彩聪明，虽然没进过一天学校，但认识的字可不少，加减法也会不少。不读书，太可惜。"流云想说，她一直在教妹妹。她读过3年书，去广东打工又跟厂里要好的小姐妹们学了不少东西。话到嘴边，却成了别的内容："老师，我不要免妹妹的学杂费。要不，我欠着，给您打欠条，等卖了玉米换了钱，再还……"

流彩读书了。流彩很珍惜来之不易的学习机会，特别努力。期中考试，流彩得了第三名。陈东和老师们商量，要邀请所有家长来参加期中考试表彰大会。

陈东的床上摆满鸡蛋，熟的，生的，有6个还涂了红圈圈；

有煮熟的玉米棒子，还有盒缺了一个的月饼（月饼有点儿霉味，大约是"珍藏"的时间实在太长）……这些全是家长们送的。流云空着手，有些尴尬，远远地望陈东，想近前打招呼，犹豫又犹豫，没动。

陈东在台上表扬学生："韦流彩，语文 61 分，数学 82 分，总分第三名……"陈东努力找流云，总算看到，她低着头坐在角落里。

表彰会散了，陈东将家长们送出学校，转身，准备回去，就见路边转出一个人，是流云。"陈老师，我没什么送您。我……我给您唱支歌吧。"开始，声音低低的，继而往高里走，愈来愈高亢："高天上流云，有晴也有阴……"流云爱死这首歌了，自从打工时学会，就常练。

唱得真好，比歌星唱得还要好。陈东想告诉流云，她很有天赋，又聪明，如果能学声乐……这些话，陈东自个儿想想而已，没开口。陈东清楚，这些全是废话，说了白说。

唱完，流云的嘴张了张，似乎有话要说，却不知为何，啥也没说。陈东倒想起了什么："流云，那些良种玉米长势怎么样？"流云眼睛一亮："很好很好。"两个月前，陈东去德宝县城买了 10 公斤良种玉米送给流云。他请流云试种这些高产量高品质的良种，百色山区好多人家居然拒绝种植良种玉米，不信它的高产，只信种了几十年甚至上百年产量低品质劣的传统山地玉米。陈东一直想树立一个因为相信科学而致富的典型和榜样……

目送流云远去，陈东回学校，立刻慌乱又羞愧了——藏在床底下的一大堆脏衣服没了！

再见流云，快期末了。流云兴高采烈来报喜，玉米大丰收了——良种玉米的产量是传统山地玉米的四五倍，乡亲们一致请求她明年帮他们买玉米种子。见流云收割完玉米，马上在地里种黄豆，村里有 6 户人家立刻跟着干了，而不是像往年那样让地荒掉余下的时光……流云真诚致谢："陈老师，谢谢您的良种玉米，谢谢您教我农作物套种模式。"

榜样的力量果真是无穷的！陈东的心里尽是欣喜，比流云还要兴奋十倍。坚持下去，那圩乃至百色都会渐渐富裕起来。陈东为自己的"扶贫新法"得意，"一碗水端平"式的扶贫，还不如重点扶持出一两个榜样来，再靠榜样去带动周围的人踏上致富路。

流云递钱过来，一笔是流彩的学杂费，一笔是玉米种子钱。陈东将钱推回："你能不能买几只小猪崽，你替我们养着。等猪崽长大，其中一只卖了钱给学校，其余的给你充饲养费。"陈东有心在那圩再树一回榜样——养猪，仅仅是为了过年杀了美餐几顿，更应卖出钱来添置生产资料，让生活更上一层楼……这些费尽口舌对乡亲们宣讲没用，还不如请榜样"现身说法"供大家学习。

流云爽快地答应，转眼又"讨价还价"："小猪长大后，我留一只，其余的统统归学校。"

忽然想起一件事，陈东有些不好意思了。他问："流云，你偷偷帮我洗了 9 次衣服？"流云吓一跳，脸颊飞上红云朵朵："您怎么知道？我妹妹告诉您的？"陈东没回答。流彩当然没告密，他只不过是从衣服上的清香味猜到谁是"田螺姑娘"。那是金银花的清香。陈东记得，自己有次提醒流云，晒干的金银花在广东的药店卖得很贵，而那圩学校附近的山上到处都是野金银花。

被人揭穿了"阴谋"，流云有些难堪，以一阵沉默来打发尴尬。过一会儿，她开口，是个问句："陈老师，听说您教完这学期就离开，下学期不来了？"

陈东哭笑不得。这几天好多家长心焦地跑来挽留。即将离开的其实是同样来自广州的文老师，她实在忍受不了晚上老鼠和蚊子坚持不懈的骚扰和长久失眠的痛苦，决定撤退了。陈东编了个理由："文老师的未婚夫一直在催她回去结婚，她只好提前回广州……"

悬着的半颗心踏实了，新的担忧又冒出来："陈老师，您未婚妻不催您回去结婚吗？"陈东黯然，他相恋 5 年的女友，因他执意辞去石膏模具公司技术部经理的职务，决心到百色来支教一年，已经跟他分手了。陈东苦笑："我没女朋友呢。"

两人站在学校门前的山路上，夕阳西下，将一前一后两个影子叠在了一起。流云无语，脚尖去碰路边的小石子，还有杂草。石子翻个身，滚开去。草挺委屈，折了腰，趴在地上，流云还用脚尖惹它。流云今天穿了红色平底皮鞋，是打工时买的，这在那圩很少见。流云平时舍不得，今天是第四次穿。流云还穿了清清爽爽的白衬衣、白裙子，这在那圩就更稀奇了。看得出，流云今天下工夫打扮了一番。

陈东忽然笑了："流云，你今天看起来好像天仙妹妹哟。"流云迷糊："什么天仙妹妹？"流云没摸过电脑，哪晓得在网上红透半边天的美少女"天仙妹妹"。陈东告诉她："那是一个很漂亮的女孩，网上铺天盖地都是她的照片。"

流云羞了，脸先羞红，接着周身热起来，额头上冒出浅浅的汗粒，鼻尖上冒出浅浅的汗粒。密密的汗粒亮晶晶的，仿佛沾在嫩草细细的茸毛上的晨露，不淌不流，静静地亮在晨曦里。

陈东看得有点儿痴，半晌，若有所思地开口，内容有些唐突："流云，你这么漂亮，干吗还没找婆家？"流云20岁了，同村和她一般大的女孩，全都嫁人生孩子了。追求流云的人何止十个八个，可一听流云非得带着残疾妹妹一起过，就都悄无声息地退却了。

流云没回答陈东的问题，眼睛看着自己的鞋尖，说："陈老师，迟早，您也会和文老师一样，离开那圩，离开流彩，离开您的学生，对不？"陈东想实话实说，等一年的支教时间到了，就会离开。可他不忍，违心地说："很有可能，我不会走。"顿了顿，又说："我哪儿舍得走，我还没教会流彩、美丽、栋栋写日记，还没见到你们全都衣食无忧、富裕起来……"后半截话是真的，一个学期的支教生活，陈东舍不得143个天真可爱的孩子，舍不得虽贫困却淳朴善良的那些人。

"真的？"流云没有一蹦三尺高，她站好，眼睛盯着陈东，像发誓："陈老师，我保证，我要成为那圩第一个富起来的人，

我还要带领更多人一起致富……"话说完，流云转身跑了。炎夏，
漫山遍野尽是山花，流云像洁白的云，在花丛里飞呀飞。顷刻，
远远的，有歌声飘来——"高天上流云……"

陈东真的没走，一辈子都没离开那圩。

新学期，陈东去县城给学生们买文具。前夜下了雨，路滑，
摩托车冲出路面。山坡不高，不陡，摩托车司机只伤了皮肉，陈
东却直直飞出去，头重重地落在一块凸出地面的石头上。

坟茔就在学校后面的山坡上，棺材摆在学校的操场上，那是
那圩最厚实最宽敞的一口棺材。家家户户都捐出一根木头，有人
拆了家里的门框，有人更换了房梁……反正，全捧出自家最拿得
出手的木头，做成那圩有史以来最华丽的棺材。

远近 7 个唢呐高手，除了那圩的根爷爷，附近这坡、太平、
龙角等村寨最有名的吹鼓手都是不请自来。一曲曲响彻云霄、哀
怨迂回的招魂曲铺天盖地，奔涌而出。

流云的眼睛肿得比桃子还大，她走近那群唢呐手："你们会
吹《高天上流云》吗？"大家面面相觑。一个年轻吹手点头："我
会。"他独自吹了一遍，其他吹手就磕磕绊绊跟着吹了。

长长的队伍，男和女，老和少，连狗、马、牛都加入队伍，
排成长龙，送敬爱的陈老师。没人号啕大哭，只有并不整齐的唢
呐声，只有流云引吭高歌："高天上流云，有晴也有阴，地面上
人群，有合也有分。南来北往论什么远和近，一条道儿你和我都

是同路人。莫道风尘苦，独木难成林，一人栽下一棵苗，沙漠也能披绿荫；莫怨人情冷，将心来比心，一人添上一根柴，顽石也能炼成金，炼成金。高天上流云，落地化甘霖，催开花儿千万朵，人间处处春……"

　　在歌声里，所有的人，默默地，泪湿衣襟。

告诉孩子世界的真相，

给他们蒙昧的生活开一个孔，

给他们连梦想都贫乏的心灵插上翅膀，

这是我纠结很久之后得出的答案。

一生终于一事 /

要不要告诉孩子世界的真相

◎ 纸　刀

　　面对吃白饭的乡村留守儿童，公益人做顿大餐的提议被否决，因为担心短暂的幸福之后，留给孩子的是长久的失落。是该告诉孩子们生活的真相，还是呵护他们因无知而对世界保持着的天真平衡？

　　2013 年 10 月中旬，为了给一部公益微电影选景，我来到四川省南部县三清乡真相村。在这个美丽而贫穷的小山村里，我与一群留守儿童有过几天的短暂接触，由此引发的感触很多。这段经历注定将影响我对许多事情的判断，更将影响我未来的人生选择。这是 2013 年我遭遇到的大事件，虽然它在各种主流话语体系里那样微不足道。

　　小山村距成都 4 个小时车程，距县城大约 1 个小时车程，这不算太长的路程的两端牵连着的，却是两种完全不同的生活。这种差异，虽不像有些媒体所报道的那样是"欧洲到非洲"的距离，但也十分明显。小村子位于丘陵环抱的一个小盆地里，新建的水泥村道和白色洋楼错落有致地缀于绿意盎然之中，犹如欧洲的度假小镇。这里有城里稀缺的清新空气和绿色无污染的食品，但没有高楼、豪车以及发财机遇，村里的年轻人基本都进城打工去了，对他们来说，清晨坐看云起、夜晚满天星光的风景不能作为生计。现在，村子里只有他们的父辈和儿女，以及无尽的牵挂和无奈的等待。

在真相村小学，我见到了这样一些留守老人：他们中的一部分，像城里的爷爷奶奶一样，骑着电动车或摩托车，在每个清晨匆匆把孩子送往学校；也有人步行送孩子上学，或让孩子自己去。一种传播已久的朴素价值观让他们相信，学校是通往美好未来的必由之路。

那被称为"学校"的地方，其软硬件设施让我们这些外乡人心存疑虑——说是学校，其实是经过撤并后留下的教学点。这里有三年级以下的学生70余人，学校唯一的现代化教学设备，是从村委会借来的一台城里很多人家已经淘汰了的29英寸彩电，电视摆放在屋顶和桌面都裂着大口子的阴暗教室里，每间教室的节能灯不超过1盏，没有课外书籍和玩具，整个学校只有1位公办教师和3位代课教师，老师们如果生病或是有事来不了，就托村里的医生带着孩子们上自习。幼儿班的孩子没有玩具，也没人带他们上音乐课、讲故事和做游戏，黑板上是一大堆深奥难懂反义词。

由于学校离孩子们的家很远，通常要走 30 分钟至 50 分钟，因此，孩子们中午需要自己带米，由学校请来的一位阿姨代为蒸饭。这种集资式的伙食由学生每学期交的 120 元炭火费支撑运行。孩子们中午通常吃白饭，如果阿姨忙得过来的话，会为孩子们煮一锅免费的白水冬瓜汤，家境好一点的孩子会带一包榨菜。在他们世代以红薯和土豆为主食、很少吃细粮的爷爷奶奶们看来，白饭已是最好的东西。每天课间会得到由政府供应的一个鸡蛋和一盒牛奶，这些提供孩子们身体所需要的营养。我们第一次看到孩子们吃白饭的场面有些惊讶，但当地人早已习以为常。孩子们端着白饭，吃得很香。

同行的剧组工作人员为着那份令人辛酸的香，提议将我们带来的肉和菜拿出来做一顿丰盛的大餐，让孩子们高兴高兴。这个提议被老师婉拒了，他说："你看看孩子们认真吃饭的样子，并没有感觉有什么不妥，如果你们给他们做一两顿好饭菜，他们吃的时候一定会非常高兴，但是这一两顿的幸福之后，他们再重回以往清汤寡水的生活时就会感到失落，也不会像以往那样平静地接受白饭带给他们的满足感了……"

老师的提醒让我们有一种不寒而栗的感觉。如果不是与孩子们朝夕相处，是不会产生这样深的担忧的——用转瞬即逝的短暂幸福去打破受助者长久的平静，这不正是某些公益人正在做的吗？是告诉孩子们生活的真相，还是呵护孩子们因无知而对世界保持着的天真平衡？

眼前这群留守儿童穿着父母逢年过节从城里带回的时兴的童装，背着与城里孩子并无二致的"喜羊羊""灰太郎"书包，但他们每天上学要走很远的山路，他们中去过大城市的很少，有些连县城也没去过，许多孩子只在满周岁时拍过照片。他们即使在没有课外书和教具的教室里苦苦用功，并终于挣扎着考进城市里的学校，但在面对"埃菲尔铁塔在哪儿，钢琴有多少个琴键，达·芬奇的代表作是什么"之类的"素质考试题"时，谁敢保证他们能气定神闲地表现出"高素质"。他们是在这种生活状态中成长的，但当他们长大后又不得不进入另一种完全陌生的标准和逻辑中去。

这是一所普通的乡村学校的孩子们的普通生活，却有着那么多令人揪心的疑问。

告诉孩子世界的真相，给他们蒙昧的生活开一个孔，给他们连梦想都贫乏的心灵插上翅膀，这是我纠结很久之后得出的答案，我将为这个答案去努力做更多事情。未来一定会有各种我想象得出的艰难和想象不出的麻烦，当然，也有心向往之的欣慰，这一切，都与2013年10月那段小小的人生际遇有关。

《蜗牛》：一群青年回归乡土的尝试

◎ 绿 衣

　　"蜗牛"不是那个背着壳慢慢爬的小东西，不是周杰伦的那首歌。它是一本杂志，一本薄薄的，却风格清新、温暖的乡土杂志。

　　《蜗牛》的主创人员是三个平均年龄不到30岁的年轻人——邓超是出版人，这位来自山东农村的年轻人曾远赴乌克兰、俄罗斯留学，却发现自己的根仍然在中国、在农村；主编吴垠在中央美院读考古美术专业，从小在城市长大，对田园牧歌般的生活有一种向往；编辑高登科则在清华大学美术学院读艺术史专业，他的童年有很多与乡土相关的美好回忆，如今却发现那么多美好的生活经验正在慢慢地被人遗忘。

　　这本杂志，是一群心中有爱的年轻人回归乡土的尝试。

　　此事源于艺术的熏陶和年轻人返回乡土后的自我启蒙。邓超曾在中央美院旁听过几年课程，其间读了杨先让先生与杨阳合著的《黄河十四走》。这本书激发了他对民间艺术的兴趣。在 2010 年冬天，他重走了一遍"十四走"去过的那些地方，寻找散落的民间艺术，结果却让他痛心——仅仅时隔 20 年，活在民间的工艺品基本上看不到了。

回北京后，邓超开始思考自己能做些什么。有次他在地铁站看到有人在散发 DM（直投广告）杂志，发现其成本不过 1 块钱，就动了办杂志的念头。吴垠当时正在一家杂志社实习，听到这个想法也很激动，《蜗牛》就这样诞生了。

《蜗牛》的目标是"记录民间之美"，从民间艺术扩展到所有民间生活。《蜗牛》关注民间艺工，更多的是想挖掘民艺背后的乡土生活——是什么样的环境产生了这样的艺术？这些工艺又与人们的生活有怎样的联系？

虽然是一本自办杂志，但他们做得无比认真。《蜗牛》的所有内容都来自第一手的田野调查，带着泥土的气息，配以精心绘制的手绘插画。

第一期《蜗牛》的选题是在 5 分钟之内决定的——听朋友眯眯说起她的舅舅会做竹编，"蜗牛"们就决定去婺源考察。坐了 11 个小时的火车、3 个小时的汽车，他们从北京来到江西婺源黄源村，在那里跟着朋友眯眯采茶、打泉水、采摘蔬菜、制作清明果。去到村里哪一家，他们只要提到是眯眯的朋友，都会受到热情的接待，他们也深深感到费孝通所说的"乡土社会"的温度。他们跟着眯眯的大舅——一位篾匠——一起采竹子，看眯眯大舅如何就地取材制作工具，如何娴熟地破篾、编竹篮。他们注意到他砍完竹子后，还特地把竹根捅开了一个缺口，使得雨水能灌进去，让竹根朽掉，这就是人和自然相处的古老智慧。

婺源是古徽州一府六县之一，历史悠久，可以说是中国传统农村的代表。这里自古盛产绿茶，唐朝陆羽所著的《茶经》，就有"歙州茶生婺源山谷"的记载。如今的婺源风景依然优美，却显得寥落而寂寞。

黄源村的年轻人基本都出去读书或打工，村子里大多是小孩和老人。传统的手艺正在渐渐消失，因为工业产品便宜且易得，手工艺不赚钱，就没有年轻人愿意学。

眯眯的大舅在晚饭桌上说到竹编手艺没能在他手里传下去，竟然伤心落泪。他知道不会有年轻人跟他学竹编了：一方面竹编很辛苦，更多则是现在工业产品泛滥，竹编挣钱少，又没有地位。

对很多老一辈手艺人来说，手艺不仅是他们谋生的手段，更是一种生活态度和精神的依托。在乡村，篾匠会亲自到家里来，和你一边聊着天一边做工。当你亲眼看着一件东西的完成，这件东西对你而言已经有了感情。进入城市后，机械化的生产隔绝了生产者与使用者的联系。人们很难感受收获的满足，也便失去了珍重的心情。

竹器、木器、铜器的每一个弧度、每一个把手上面都闪耀着灵性和设计的艺术。

这种艺术和传统的生活方式息息相关。

当青砖瓦房、竹摇篮、扁担和木桶、大水缸那些一针一线、一斧一凿制造出来的手工物品慢慢消失，谁还记得故乡曾经的样子？所谓乡土记忆，正是附着在这些"物"上面的。

办刊初期，几个年轻人对杂志的制作、印刷、成本一窍不通，采访全部进行完了，准备印刷时才发现，按照他们的设计要求，每册成本居然要9块钱。用邓超的话来说，他们发现自己是"上了贼船"。

本来他们只想印200册，后来发现，那样平均到每册的成本更高，最后印了1000册。从选纸到印刷，他们自言"受传统的民间匠人执着且精益求精的精神影响颇深"——他们也希望尽可能做好，寻求整体效果的最优。而评价这种效果也是很难的，就像一个匠人一样要靠触摸、看和感觉来衡量手艺的优劣。

为了理想的效果，他们反复选纸、打样……第二期光打样就花了1000多元。整个《蜗牛》杂志办下来，成本比他们想象的高了很多，因此在采访上，他们想尽办法节约资金——第二期的采访花了两周，从北京到独马村就要4天，来回就是8天。川藏北线车颠得厉害，小巴、农用车……什么交通工具都坐了，唯一不敢省的是买保险。

但是他们并不后悔。他们想，"就当是扔块石子进去，看能否激起些水花"，"趁年轻的时候，好好做些想做的事情"。

目前，《蜗牛》计划每季度出一期，同时希望可以代卖一些当期杂志业出现的民间工艺品，他们甚至找到一些设计师对传统民艺再设计。但现实中也有不少困难，比如手艺人的制作时间不能保证，有时需要在特定的季节做，或者农忙了就没有时间做了，来回的运输物流费用也很高。所以，在这方面他们还在想更有效的方法。

"在现代化的今天，一切都快速起来了……我们需要慢下脚步……质朴而温暖的手工可以让人在焦躁、冰冷的工业城市中感受到美好……《蜗牛》杂志就是想要抓住时代的尾巴，找到这一点美好。"

在创刊号的序言中，他们这样写道。

《蜗牛》的工作并非没有人注意到。2011 年年底，他们获得了互动百科"知识中国"奖的提名，在微博和博客上，他们也收获了很多朋友和无数支持和鼓励。他们小小的努力，已如一道光照亮了许多人的眼睛。

对于现在城市生活的年轻人，回归，未必要回到土地上，但可以亲近并且保护这些民艺以及它们背后的生活方式，以此来体验这种温情而美好的生活，以及那些打动人心的老一辈人的生命经验。

小马成了马老师，
马老师在村里人气很旺。
只要一放学，屋里就挤满了孩子，
马老师幸福得一塌糊涂。

一生终于一事 /

孩子王

◎ 童 铃

对于农村留守儿童来说，父母的引导、关爱是比物质满足更重要的事情。大学生村官（以下简称"村官"）小马看到了这一点，他成立了"少先队留守儿童小队"，建成了"爱心活动室"，当了3年的孩子王。

小马本名马成岩。因为个头不高，村里人叫他小马。小马皮肤有些黑，喜欢笑，像一个腼腆的老师。在考村官前，小马跟所有的毕业生一样都忙着找工作，参加了很多场招聘会，也参加了几次考试，并且考取了省城合肥附近一个县城的教师岗位。只是那里离家200多公里，父母舍不得。小马又是子女中最小的一个，左思右想，他决定回家做村官。

除了离家近，小马当村官还有一个理由：自幼在农村长大的小马，印象中村委会主任就是经常在大喇叭里讲计划生育、让大家看好牛犊子不要糟蹋庄稼、然后用半土半洋的腔调喊人去取信的那个中年男人；书记就是站在会场中间大手一挥说"党员干部先交公粮，群众要全部跟上"的那个老同志。小马很想知道，自己到村里能做些什么。

小马很快知道，村干部的主要工作不再是抓计划生育了，老百姓也不用交"提留"，村里的劳力几乎都到外地打工了。

小马走访了很多家庭，见到很多孩子坐在电视机前聚精会神地看，却很少有人做作业，还碰见三个男孩正在喝啤酒。小马问他们为什么喝酒，他们瞅了瞅他，不好意思地说："好玩，跟大人学的。"小马坐下来，和孩子们聊了半天，知道其中一个男孩的父母都在温州，平时在爷爷家吃饭，在自己的房子里住，今天是他的生日……离开后的小马决定做一件事——和留守的孩子们交朋友。

在村里跑了一遍，小马的笔记本上记下了200多个留守儿童的姓名和联系方式。小马把父母都在外打工的30多个小学生编进了他的"少先队留守儿童小队"，并申请到一间办公室作为"爱心活动室"。在"爱心活动室"里，除了辅导作业、玩游戏、看电影，小马做得最多的一件事就是听孩子们说话，说老师、说同学、说作业很多，说爸爸妈妈一走就是一年，一星期才打一次电话。这时，小马总是一个倾听者，他不讲大道理，只是说自己小时候的故事，比如胆小不敢走夜路，比如作业潦草被惩罚，以此证明小马叔叔不如他们坚强，不如他们优秀。小马还说，父母就是因为太疼爱他们，才去远方挣钱给他们的未来铺路，所以，远离也是爱。孩子们懂了，也知道在电话中说"爸爸妈妈，你辛苦了"。

小马成了马老师，马老师在村里人气很旺。只要一放学，屋里就挤满了孩子，马老师幸福得一塌糊涂。那以后，小马工作起来非常顺利，经常出现这样的场景：小马登门，孩子围着他，大人客客气气地听他谈事情。遇见比较棘手的事，小马去了，家长就不好意思，说："马老师，我支持你。"

小马想过日后的出路。出路其实不少，省里经常有专门面对村官的招考，单位也不错，比如银行、信用社，还有每年一次的公务员考试也定向招录村官。开始，小马是准备长久干下去的，所以就没怎么复习，跟着大家去考场凑热闹，两次都没考中。小马也没觉得遗憾，反正在村里干得很好，月工资2000多块，在当地还算不错，群众也挺支持。用小马自己的话说，天时地利人和都有，可以干一番事业呢。

于是，小马在三年任期满后又续聘了，还在原来的村子，但是职务变了——2011年8月，小马当选为村里的副书记。小马哭了，很真诚的。

这时，小马的生活有了变化：结婚，生女。

家在县城，离他的村子40多公里，往返一趟不容易。妻子通情达理，不说找出路，只是建议他考一下。她说得很委婉，但小马懂，和他一批的村官都做了公务员或者银行职员，只剩下他还在坚守。

犹豫了一段时间，终于，2011年11月，小马参加了考试，被录取为政法干警。

　　即将踏上新的工作岗位，小马纠结着怎么跟村里人道别，特别是那些孩子。村里人却很高兴，纷纷打电话祝贺他。

　　小马想哭，却没哭出来。小马很留恋3年的村官生活，在最基层和乡亲们在一起，心里踏实。小马说，以后不怕吃苦了。

　　小马还说，他很想孩子们。

沙漠里的鱼

◎ 周华诚

　　他用一杯水洗脸，用一杯水洗菜，用一杯水洗澡……他来自甘肃民勤，一杯水在那里很重要。他原本已经离开了这里，像当地很多年轻人一样。但他又回来了，他种梭梭，植红柳，只为不再起黑风暴。

　　他用一杯水洗脸。

　　一杯水倒进脸盆里，只能覆盖盆底薄薄的一层。他把脸盆倾斜着搁起，水就积成了一小洼。双手浸入水中，皮肤好像在汩汩吸水。手掌润湿了，双掌贴面，在脸上搓几把。

　　最后，俯身掬一把水扬到脸上……他闭着眼睛，感受水的清凉与滋润。

　　为什么不用毛巾？如果用毛巾，盆底的水还不够给它吸的。

　　他用一杯水洗菜。

把菜先理一理，一杯水慢慢地淋一遍，就算洗好了。洗过菜的水用来刷锅，刷过锅的水用来喂羊喂猪。

他用一杯水洗澡——淋浴。很多年前，他离开家乡去昆明打工时才发现，洗澡是可以淋浴的，花洒开着，从头淋到脚。

在他们那儿，很多人并不洗澡，盛夏酷热时，讲究的人才用半盆水擦擦身子。擦过身子后，再用一杯水从头淋到脚，这是他的淋浴——一种奢侈的幸福。

在这里水比油还珍贵。5 个村庄，每人每天用多少水都是有指标的。水源是 300 米的深井，每个星期集中供一次水，每次半小时。时间一到，不管有什么事，他都要在家守着水龙头，用两口缸接着。

他的家乡叫民勤——你一定从电视、报纸、网络上知道这个地方吧！

甘肃省民勤县的西面，是中国第三大沙漠——巴丹吉林沙漠；在它的东面，是中国第四大沙漠——腾格里沙漠。正是有这块绿洲的存在，两大沙漠才没有合并成为一块更大的沙漠。这个地方曾经是河西走廊上的一块明珠，而现在，它也很"著名"——它的特产就是沙尘暴。

在他的记忆里，村庄很美。

那个村原先叫作"蒿子滩"。他听老人们说，七八十年前，那里河汊子纵横，长年水流不断，河道边有大片的胡杨林，到了秋天，胡杨林的树叶变黄变红，风景很美。

他小时候常在村边玩耍，那里生长着胡杨、沙枣树、梭梭、红柳、白茨、枸杞、沙米等高高低低的树木和蒿草，随着植物不断增多和长大，阻截了流沙，久而久之，就形成了一个立体的生态群落。

变化是在 20 世纪 90 年代初发生的。物价上涨，生活开支大，农民纷纷开荒种地，把树林子砍掉，把土地整平，种经济效益较好的黑瓜子。就连一些政府部门、企业也没闲着，跑马圈地搞农场。

自此，沙尘暴这个魔鬼也被人亲手放出了笼子，变得肆无忌惮。

民勤这块沙漠中的绿洲，一年比一年小。沙漠每年迈进十几米，一点点吞噬着村庄和农田。青壮年都逃离了村庄。所以这个县的孩子高考都特别厉害，考上了好学校，就再也不用回来了。

整个民勤，年均降水量仅 110 毫米左右，而年蒸发量却达2460 毫米，是降水量的 24 倍。

他打开家门，满眼黄沙。

"若是民勤成了沙漠，我上哪里去呀？我的家乡不就消失了吗？"

每次回到家乡，看到眼前的景象，他都整夜睡不着觉。他想，是该干点什么了——一个人的力量再微薄，那也是一份力量。

当时他在外地打工，反而越来越牵挂家乡。

他研读了好几箱关于沙漠、民勤的书，又在网上写了许多关于民勤的文章，引起了各方关注。

后来，他通过网络认识了一个老乡，他们俩一拍即合，相见恨晚，组建了一个"拯救民勤网"。通过网络拉起了一个志愿者的大圈子。

村里几乎没有人知道，这个出门打工很多年、已经习惯城市生活的年轻人，为什么还会重新回到村庄。

他在村里承包了一块地。那块曾经被开垦出来的老树林早已成为一片寸草不生的荒滩——刮一场风，飞沙走石，草都被吹走了。

400 亩荒地，50 年使用期，他要在荒地上栽梭梭。

梭梭是沙漠里的英雄。抗干旱、耐盐碱，在年降水量不到 100 毫米的地方，只要给它一杯水，就能艰难地活下来。在民勤种梭梭防风固沙最适宜了。

他每天挂在网上联合媒体搞书画义卖，筹到了善款后，就去种梭梭。

第一年，他和老乡一起在网上招募了 20 多名志愿者，开着私家车来到沙漠边缘，在 10 亩荒漠里栽下了 5000 棵梭梭。

第二年，栽下 10000 棵梭梭。

第三年，又栽下 10000 棵梭梭。

栽树最关键的就是水。

如果当天不浇，梭梭第二天就死了。很远的地方有一口水井，得靠拖拉机运水，再用水桶拎着，一桶水两个坑，一棵棵地浇过去。

志愿者走了，他依然得坚守。这些梭梭就是他的"孩子"。

他隔几天就去荒漠里看看，要是二三十天没下雨，他就得一棵棵地浇水。

连续一个月大旱，他的心都被晒焦了。然后下了一场雨，当梭梭的第一片嫩绿的叶子长出来时，他流泪了。

他赶紧用相机拍了照片，传到网上，所有志愿者一片欢欣鼓舞。

梭梭能活下来，它脚边就能留下几棵草，在刮风时不至于被吹走。草不被吹走，梭梭就能繁殖。年复一年，植被才能恢复。

从 2007 年开始，那片志愿者生态林总面积达到了 500 亩。2010 年 4 月，又有 200 多名志愿者前去栽种梭梭。

在别人的眼里，他是一个古怪的年轻人。

为了种梭梭，他付出了很多代价。他原本在城市里有一份收入还算不错的工作，可为了梭梭，他把工作都放下了。毕竟，他在乡下栽梭梭，是没有任何经济收益的，还花费了大量时间。

可他自己说，几年来和志愿者一起种梭梭，是这辈子最有成就感的事情。

为了把梭梭栽好，他请教村里的老人，还看了许多有关沙漠的图书资料。

为了尝试人工培育胡杨，他跑到图书馆查阅资料，又找了一块原先长过胡杨林、现在是一片荒滩的地方搞封育试验。

现在，那片荒漠已经披上了新绿，他们的"拯救民勤"计划入选"中国公益 2.0 培训项目"，得到了社会各界的肯定。

目前，他们又有了一个更加宏大的计划，并开始实施。

2010 年 4 月 13 日，英特尔中国公司办公大楼，在国家民政部和英特尔公司共同举办的"芯世界"公益创新奖颁奖现场，"拯救民勤志愿者协会"作为一个民间环保组织，提交了"我们的村庄，我们的家乡——互联网现实植树平台"公益项目。

最终，这个项目获得了"芯世界"公益创新先锋奖。

简单一点说，他们要搭建一个完善的互联网平台，在网络地图上标注需要治理的村庄，并结合动画技术，真实再现当地的环境现状，吸引公众参与沙漠化地区的生态保护、环境治理。

人们可以通过网络平台捐助资金，每捐 10 元钱就可以在沙漠里种下一棵梭梭。然后只要通过网络，就可以随时查看到这棵梭梭的生长情况，以及那一片荒滩的前后变化。

他说，他的目标是——栽更多的梭梭，更好地保护我们的家园，希望有一天黑风暴不会再起。

从民勤夹河乡走出，又回归夹河乡，这在乡亲眼中很不可思议。在这个村里，除了他，最年轻的农民已经 40 岁，其他的都因上学、打工，离开了这里。他说："我常常觉得自己很尴尬。我要是粉碎憧憬，去城市里混，找一份月薪几千块的工作不成问题……可我现在就是个农民，在城里没一份产业，算不上城里人。但你要说我是个农民吧，可在村里我找不见一个能说上话的人。"

那天我跑去采访他的时候，正看见他在院子里洗脸。

用一杯水。他把脸盆倾斜着搁起，双手浸入，双掌润湿后在脸上搓几把，然后俯身掬一把水扬到脸上。

洗过脸的水，仍然是一杯。他说，这杯水还可以浇活一棵梭梭。

他出生于 1981 年，名叫马俊河，网名是"沙漠里的鱼"。

"高考状元县" 光环下的教育困局

◎ 王 飞

2009 年，新浪教育频道联合新生代调查机构共同发布了"中国家庭教育消费报告"。报告指出："当前社会，教育是中国人改变社会地位唯一有效的手段。"对于这一点，会宁学子有着更为深刻的体会。

会宁位于甘肃中部的黄土高原贫瘠之地，1936 年，红军三大主力在这里胜利会师。会宁是古丝绸之路重镇，素有"秦陇锁钥"之称。然而，这里自然条件严酷，干旱缺水，严重制约经济发展。离开家乡，寻找更好的生活环境是很多会宁人的愿望，也是现实无奈的选择。

会宁民风淳朴、文风昌盛，自古就有崇文修德、尊师重教的优良传统。"一等人忠臣孝子，两件事读书耕田"，这是会宁老百姓堂屋里常见的一副对联。

　　1957 年前后，380 多名来自全国各地的"右派"教师被下放会宁，他们当中不乏北京、上海的大学教授。会宁人没有把这些老师派去田间地头劳动，而是当作一笔财富用起来了。这些"右派"教师中的许多人从此扎根会宁，就此改变了众多会宁学生的命运。"领导苦抓，家长苦供，社会苦帮，教师乐教，学生乐学"，这是会宁引以为傲的教育精神。

　　高考制度恢复以来，会宁累计走出近 7 万名大学生，其中有 5000 多名硕士和 1000 多名博士。

　　会宁一跃成为西北"高考状元县"。高考在带给会宁光环的同时，也真切地改变了很多家庭的命运——学子通过高考进入大学，服务社会，再反哺家乡。这种模式被称为"教育移民"，会宁希望通过这种方式解决一部分人的生存发展和脱贫致富的问题。

　　然而，受惠"教育移民"的人毕竟是少数，难以从根本上改变现状。会宁目前的高中升学率是 40%，在农村这个比例还要低一些。外出打工、就读职业学校是大多数不能进入高中的孩子的选择。

　　在中国，职业教育尚处于"非主流"地位，"进去学不到东西，出来找不到工作"是大多数人对职业教育的看法，这在会宁也不例外。会宁高级职业中学教师张克青坦言，职业学校目前培养的仍是低层次技术人才。尽管学校每年都会联系企业为学生安排就业，但有将近一半的学生在工作半年后就无法坚持。除去生活不适应，收入低于预期、无休止地加班也是导致他们离职的原因。

相对而言，在农业难有保障、基本没有企业的会宁，考大学几乎是年轻人最好的出路。然而，近年来，"教育移民"也和"劳务输出"一样遭遇了现实的瓶颈。就业形势严峻，很多学子无奈返乡谋职；而高企的房价和物价又让刚刚步入社会的年轻人背负了沉重的负担，改变家庭命运的梦想遥遥无期。

但是在会宁，从来都没有"读书无用论"生存的土壤，无数学子和家长仍在高考的路上奋力拼争。谁也无法否认，会宁只是中国应试教育的一个缩影。只是因为在这片贫瘠的土地，年轻人追寻幸福的途径如此稀缺，才让生活显得格外残酷。

有人认为，在 2000 年以前，"教育移民"的确发挥了重要作用，然而当务之急是发展地方经济，提供更多的就业机会。

对于会宁乃至更广阔的西部落后地区而言，教育最重要的意义究竟是什么？甘肃省特级教师、会宁二中校长张神明曾经这样说过："我们减少了文盲，推进了整个贫苦地区的发展。即便这些学生毕业后无法跻身白领，他们获得高学历教育之后，将来从事蓝领、灰领乃至返乡务农，也将拥有更高质量的接受与认识能力。"

"另类""叛逆""非主流"……

"90 后"的标签并不适用于这些同样正值花季的少年，

他们一直很安静，

安静得让人心疼。

沉默的少年

◎ 王 飞

一

初冬的会宁，气温降至冰点。

这是典型的西北县城，大片新建的楼房彰显着城市化的印记。小城开疆拓土、奋力追赶，但仍然被荒凉的山野紧紧包围。

冬季的会宁安静、舒缓，涌出校园的步履匆匆的学生，倒是给小城平添了几分生气。

时间已近下午 6 点，郭昊还没到家，这多少让母亲有点担心。往常，郭昊回家很准时，这一天，因为陪着我们，郭昊没有骑车。

这是郭昊来会宁县城的第四个年头。郭昊初二那年，为了让两个孩子接受更好的教育，母亲带着他和上小学的妹妹从平头川乡来到县城，租住在一间平房里。

一张单人床、一张高低床，加上饭桌、书桌、炊具……十多个平方米的小屋塞得满满当当。

在会宁县城，像郭昊母亲这样的陪读家长有几千名，由此形成了几个"陪读村"。

郭妈妈很庆幸自己走了这一步。郭昊初二时成绩一度下滑，来到县城后，经过一年多的努力，郭昊考入了著名的会宁一中"宏志班"。

"宏志班"是国家助学项目之一，招收的大多是贫困但成绩优秀的农村学子。在最近几年的高考中，会宁一中"宏志班"保持了100%的本科升学率。郭昊中考那一年，"宏志班"的录取分数线是680分。

班级的竞争激烈可想而知。期中考试，郭昊的数学成绩是149分，但只能排到第四——还有三个同学考了满分。

晚饭是一碗洋芋疙瘩，这是郭昊喜欢的。

这个男孩身体瘦弱，郭妈妈说他挑食，租房陪读也是希望孩子能吃得好一点，"至少能吃饱"。桌上有两个菜——腌白菜和腌萝卜条，唯一算得上营养品的是一小杯牛奶。尽管每月精打细算，可家里的开销还是不小。租房要花钱，买米、面、油都得花钱——刚刚过去的这一年，会宁再次遭遇大旱，夏粮基本绝收，自家地里产出的只有土豆。饮用水也得去买——院子里没有自来水，算上拉水的车费，一吨水要花 25 元。我问郭妈妈，一个月要用多少水？

她说，2 吨。

"2 吨就够？""差不多，如果下雨，我们就拿盆子在院子里接一点。"

郭昊的父亲留守家中，平日里开一辆小货车奔波于县城和乡村之间，"一个月挣 1800 元"。顿一顿，郭昊又补充："那是最好的时候。"郭昊笑容腼腆，很少主动说话。这个男孩心思细腻而敏感，喜欢席慕蓉的诗。有时候，他会悄悄流泪，却从不愿对母亲说起缘由。

郭昊吃饭很快，读高中的孩子习惯了争分夺秒。角落里，读六年级的妹妹在昏黄的灯光下做作业。头顶上方显眼的位置贴着两个孩子的奖状。

晚饭之后，七点开始，郭昊还要上两节晚自习，其中一节会有老师跟班辅导。九点下课，学生宿舍九点半熄灯，很多同学都会借着充电式手电筒的光亮继续学习，学校门口的小卖部提供充电服务。在这方面，郭昊显然比住校的同学有优势，在外租住的一点好处是可以在灯光下苦读。

十点半，都市人的夜生活刚刚开始，而于郭昊，一天已悄然结束。时间并不算早，第二天早上五点十分就要起床，六点到校开始晨读，再上一节早自习和四节文化课。每天忙忙碌碌，校园中很少有学生玩闹，更多是匆忙的身影。郭昊的班主任毛向东老师说，大家都很清楚，考上大学是走出贫瘠家乡的唯一途径。在"宏志班"，没有孩子贪玩、荒废学业，"他们知道那样做的后果"。

二

这次期中考试，张奎的成绩不太理想。逆水行舟，不进则退，激烈的竞争让他承受着巨大的压力。竞争不单来自班级，还来自家庭内部。

张奎的哥哥张仲和他同在会宁一中读高二，中考时，张仲考出 718 分，以会师中学第一名的成绩进入会宁一中"宏志班"。张奎暗暗地和自己较着劲儿——哥哥的中考成绩比自己高出50分，在"宏志班"可以免除学费，领取补贴，减轻了家里的负担，自己没有理由不比哥哥努力。

张奎和哥哥的教室离得很近，但他总是独自回家。我问他："为什么不和哥哥一起走？"张奎说："我喜欢跑着回来。"虽然成绩优异，但张仲也并不轻松。身为长子，张仲的压力更多来自家族。张仲的父亲在外打工，爷爷奶奶留在家乡，兄弟俩和复读的姐姐则随着母亲在会宁县城上学。去年，张仲的母亲在县城打零工，一天挣 30 块。今年，她腰疼得厉害，只能在家给孩子们做饭，那点微薄的收入也没了。一家七口，全靠张仲的父亲养活。

父亲在景泰县的建筑队，两个月才能回来一次。这个时节，很多工地都已经停工，他还在尽量找活干。张妈妈说，张仲的父亲患有贫血，"人都瘦干了，就为了娃娃们拼搏着"。

好在两个儿子学习好，"老师、邻居都看得起"，张妈妈很欣慰，"心上痛快得很"。

她知道孩子们懂事，但还是忍不住要唠叨两句——担心孩子走邪路，担心万一有个闪失，考不上大学，"那就羞得回不去了"。在我看来，以兄弟俩的成绩，应该不存在这种可能。这样的劝慰并不能打消她的顾虑——不是所有的孩子都能考上大学，她见过陪读几年之后无奈返乡的家长，家庭的梦想就此破灭，所有的心血付之东流。

母亲讲这些的时候，两个孩子默默地低头听着，没有像很多城市孩子那样顶嘴或者摔门而去，甚至没有丝毫的不耐烦。

"另类""叛逆""非主流"……"90后"的标签并不适用于这些同样正值花季的少年，他们一直很安静，安静得让人心疼。

他们是家庭乃至整个家族的希望，父母以破釜沉舟的勇气和代价带给他们改变命运的机会。他们，无路可退。

张奎想考香港的大学。对于香港的印象，来自书中的只言片语，如浮光掠影，并不能在脑海中形成生动的影像。和大多数同学一样，他所有的精力都用来学习，对于外面的世界知之甚少。这样的状况和内向的性格，或许只有在挤过高考这座独木桥之后才会慢慢改变。

如果一切顺利，还有两年，张妈妈就可以荣归乡里。没有想过享孩子们的福，现在工作不好找，她担心孩子们以后没有福可享，"只要娃娃们能考上学有个工作，我捡垃圾也高兴，以后死了，有棺材没底底都行。"

　　生活不易,节衣缩食,4个人一个月的生活费只能压到1200元。今年菜价贵得吓人,大多时候,除了自家种的土豆,就只能吃点白菜。

　　"就这么坚持着吧。"张妈妈说,"日子,总是先有苦再有甜。"

对一份调查问卷的分析

◎ 刘　燕

六年级学生应该是什么样的？

在想象中，六年级孩子年纪十一二岁，他们初晓人生，对未来充满无限的向往，他们的人生也有无限种可能。

半年之前，我跟随体验了一个城市六年级孩子的生活。早上 6 点 45 起床，洗漱穿衣吃早饭，坐爸爸的车到达学校。上午上 4 节课，中午在"小饭桌"吃饭、午休。

下午上 3 节课，然后回家。每天做作业和父母订正作业大概需要 4 个小时，晚上能在 11 点前睡觉已是早睡。周末要上英语、舞蹈、钢琴三门课。她有一个很大的书架，各类工具书、名著导读占据了重要位置。但除了写作业查资料，她很少有时间去翻动。每个暑假她都会跟着父母出去旅游，一线大城市早已去过，一再强调要去看自然景观，因为"所有的城市都一个样"。

可就在离她家 200 来公里的地方，生活着这样一群与她的生活截然不同的学生。

这"截然不同"绝对不仅仅是贫富差距、城乡差距，更是由这两者带来的一系列的细节与观念的重大不同。

我们在会宁县韩家集乡中心小学、周湾小学和云台小学六年级做了一个问卷调查，共收回 96 份有效问卷，其中男生 46 名，女生 50 名。

这些孩子年龄跨度比较大，从 10 岁到 14 岁都有。他们的理想相当一部分是当老师和医生。有学生写到因家人遭遇病痛，所以深感医生的重要；或者觉得老师知识很丰富，可以解决他学习中的困难。不可回避的是，在他们的生活圈子和生活经验中，这两者是体面、富有且有权威的。

这些孩子的生活半径相对较小，有 6 个孩子从未离开过韩家集乡，36 个孩子最远去过会宁县城。去过兰州的 31 个孩子中，很多是因为父母在兰州打工。超过 66％的孩子最想去的地方是北京，其余大多是想去父母打工的地方。乡中心小学的董老师深感自己的学生与城市的学生相比见识太少。所以，她鼓励孩子们课余多看电视，这是大家接触外面世界的最有效的窗口。

如何度过课余时间也是这些孩子与城市孩子的不同所在。放羊、喂鸡、做饭、打扫卫生……名目繁多的活计是他们在家要做的事情。近 94％的孩子会承担一定量的家务。度过课余时间的方式决定了几乎所有孩子没能深切理解"爱好"的意义，包饺子、与父母谈心、家务活等答案的出现刺痛了我们的心。当日常生活中的理所当然成为一种奢望，大多数孩子没有足够的时间和经济成本发展出自己的爱好。

当教育专家一再重申父母在孩子成长过程中意义如何重大的时候，在这里只有大约 26% 的孩子能够享受到父母同时在场的关爱。有 25% 的孩子的父母都在外打工，其余 49% 的孩子父亲在外打工。我们在调查中了解到，很多外出打工的父母一年只能回来一次，跟子女的亲情大多靠电话来维系。在董老师看来，城市孩子享受的由父母批改作业、辅导学习，在这里几乎是不可能实现的。

所以，很多孩子面对"学习中需要怎样的帮助"的问题，答案都是没有人辅导。另外比较集中的答案还有缺乏课外书、希望得到老师同学的帮助等。而生活中的困难更是五花八门：希望中午能够吃上一顿热乎的饭、上学的路不那么远、得到很多课外书……甚至，希望得到一副眼镜。这里距离县城 60 公里，一副眼镜对于很多近视的孩子来说都是一种奢望。

与同样读六年级的城市孩子相比，他们学习上的压力较小，每门功课作业的完成时间均为 30 分钟左右；家长也较少谈及他们的未来，因为遥不可及；除了课本之外，他们也没有太多可读的书。

按照现在的升学比例，他们中 30% 的孩子将在 3 年多后升入高中，与其他城里孩子一起面临高考的选拔。

与城市里的孩子小时候外向、青春期叛逆，

不太愿意与成人对话不同的是，

这里的孩子小学阶段格外沉默、羞涩，

大多在中学阶段才完成与人际交流方面技术层面的训练。

蒲草韧如丝
——会宁母亲

◎ 刘　燕

题记：我们见到的这些母亲大多文化程度不高，如同遍布乡野的蒲草，以谦卑的姿态匍匐于大地，从贫瘠的土壤中汲取养分，努力生出青翠的叶，再以勇敢的心支撑着家人的悲苦与喜乐，以坚忍的情编织着生活，也编织着未来。

一

33岁的王友霞很温柔。面对着对我们的提问一言不发的女儿，她只是低头笑，丝毫没有催促或是责骂。见惯了强迫孩子背诗或是唱歌来作秀的母亲，王友霞的宽厚让人感觉很舒服。

晚上7点多，韩家集乡中心小学附近的"陪读村"里灯火闪烁。在农村小学撤并的大背景下，陪读早已不是有学区划分的城市的专利。为了孩子上学无须在山路上步行一两个小时甚至更久，也为了孩子能够接受更好的教育，王友霞与韩家集乡中心小学众多家长一起，选择了在学校附近租房陪读。除了照顾女儿的生活和学习外，王友霞在韩家集乡初中（与中心小学相邻）读初二的儿子也可以在出租屋吃上一日三餐。

"陪读村"是本地一位生意人按照新农村建设的标准盖起来的排屋，每间房面积大约 10 平方米，两间房共用一个院子，安全又整齐。这间年租金 800 元的小屋被王友霞安排得满满当当：最里面两张小床各据一角，两床中间刚好塞下一张充当书桌的小茶几，茶几边就是取暖做饭两用的炉子，靠近窗台放置着案板和炊具，屋角还堆着生火取暖用的煤块。洗干净衣服挂在床上方的架子上，架子上还挂着白亮亮的节能灯管——能干的王友霞把屋子中央的灯管扯到茶几上方，女儿写作业时光线更充足。

从王友霞家到学校走路得两个多小时，全家共 7 口人：姥爷、公公、婆婆、王友霞夫妇和两个孩子。7 口之家共有四十多亩耕地，退耕还林后，尚余二十三四亩地。如今，丈夫在兰州做水暖工，她带着两个孩子在学校附近租房，家里的地主要靠公公婆婆来种，一家人分居 3 处。打零工的丈夫做一天活能有 100 元的收入，听起来似乎不错，但最担心的就是一连十几天没活干的时候。

家里的地基本靠天吃饭，如果当年夏天大旱，夏粮就会几乎绝收，王友霞就跟两个孩子都是吃买的粮食。

除了给孩子做饭，其他的时间，王友霞要忙着织地毯。地毯是给县城里的地毯厂做的，每隔一段时间，她要坐 60 公里的汽车送去成品并取回原料。除去寒暑假回家务农的时间，王友霞都在织地毯，这让她一年大概有两三千元的收入。她很自豪："够我们娘儿几个买菜和零花了。"

另一方面，王友霞坦言压力很大。家里最重要的收入来源是丈夫，好的年头他可以带回来万把块钱。处于义务教育阶段的两个孩子目前虽花费不多，但给孩子攒下每年四五千元的读高中的费用是夫妻俩目前的重要目标；公公婆婆虽尚在务农，但年纪已大，都有慢性病……

压力再大，只读过小学三年级的王友霞却依然选择了陪读这一赚钱较少、花费较多的生活方式，只愿"娃们有点知识""一心只让孩子念成书"。

二

晚上 8 点多，姚彦霞正在张罗着上完晚自习放学的大女儿吃饭，小小的出租屋因饭香而热气腾腾。今年 39 岁的姚彦霞有 3 个孩子，大儿子在县城读高三，两个女儿一个读初中，一个读小学五年级。

姚彦霞家退耕还林后只有几亩地，住得离学校远，家里又没有老人，索性不再种地，搬到乡上带着两个女儿一心一意读书。丈夫在兰州的工地上开车，一年只能回家一次，除去自己的花销，每年能带回家 1 万块钱已是不错的年景。所以，在姚彦霞的床上也支着高高的架子，每天做饭忙活家务之余织地毯贴补家用也成了必然的选择。

孩子成绩不错，这让姚彦霞很欣慰。目前儿子在高中读书每年需要将近 5000 元，还好享受着义务教育"两免"（免学杂费和课本费）的女儿不需要花什么钱。对于孩子的未来，姚彦霞没有特别的规划，只是想着让孩子努力念书，"尽量往上读"。

读初中的大女儿相对健谈，填补着对话中时常出现的中断。这是一个有趣的现象，与城市里的孩子外向、叛逆、不太愿意与成人对话的青春期不同的是，这里的孩子小学阶段格外沉默、羞涩，大多在中学阶段才完成人际交往方面的训练。

姚彦霞家所在的村子里，孩子越来越少了，有经济能力的家庭都把孩子送到县城寄宿，或是带到自己的打工地读书。还有一部分孩子，每天要奔波在家与学校这两点之间。像她这样带着孩子陪读的，要么是家境相对宽裕些，要么是孩子成绩比较好，家长有信心的。

谈话中，姚彦霞的丈夫打电话问家里的情况，她告诉丈夫她正跟几个记者聊天，她丈夫马上要求与我们通话。惴惴不安地接过电话——我们生怕被她见过世面的丈夫当成骗子，没想到，男主人只是急切地让我们留下一个电话号码。瞬间顿悟，在这家男主人的心目中，"记者"无疑是能为他排忧解难的。留下电话号码后，我告诉他，我们是杂志记者，很少涉及地方新闻报道，明显感受到电话那端的失望。我不知道这个扛起全家生活重担的男人在打工的城市曾经遭遇过或者正在遭遇什么，只知道，为了这间小屋的祥和平静，他已拼尽全力。

三

第三位母亲，我们没有见到她本人。

在一个村小学一年级的教室里，我们问班上 11 个孩子"爸爸妈妈在外面'搞副业'的请举手"——本地用"搞副业"这个颇有特定年代感的词语指代打工，大部分孩子都举手了，除了一个大眼睛的小男孩。正是课外活动时间，脖子里挂着钥匙的他拿着把扫帚，一丝不苟地打扫卫生，带着与他年龄不相称的沉稳。这让我觉得很好奇，忍不住又问了一遍："你爸爸妈妈都在家，没有在外面'搞副业'吗？"他点了点头。"那你很幸福啊！"我这么告诉他。

出来后，老师小声告诉我们，小男孩是班长——脖子里挂的是教室门的钥匙，他爸爸外出打工，另外有了女人和孩子，不再管家，所以小男孩也就不认他。

第二次来这所学校时，我们在六年级做了一个问卷调查。有一个问题是"你去过最远的地方是哪里，最想去哪里"，大部分孩子最想去的地方是北京，原因是"有天安门"。

有一个小姑娘写的是酒泉。原来，她爸爸在那边打工，她已经很久没有见过父亲了，所以很想去酒泉。另一个问题"你最崇拜的人是谁"，小姑娘回答的是母亲。她说母亲的吃苦耐劳让她感动，她要努力学习报答母亲。

跟校长说起这份问卷时，校长叹了一口气，说小姑娘的爸爸外出打工时有了另外的家，她的母亲很要强，拒绝了丈夫的资助，一个人拉扯两个孩子，养猪、种树、种粮，日子居然在村子里算得上中等人家。父亲跟女儿感情很深厚，所以女儿想见父亲，又同时顾念母亲的感受。

突然间想起了上次见过的小男孩，一问之下，居然是姐弟俩。

这得是多么刚强坚韧的母亲，才能拉扯大这样一双懂事的儿女？

从黄昏到黎明

——每天上学都是一次"长征"

◎ 李　帆

冬天，夜长昼短，会宁县韩家集乡中心小学会提前一会儿放学。下午五点半，日光已见昏黄，六年级小学生杨婧宇和同学们一道排好队从学校出发，朝不同的方向走去。

2011 年，韩家集乡撤并了 5 所六年制小学，中心小学承担起接收已撤并小学学生的任务。韩家集全乡有 17000 人，随着出生率的下降和外出人口的增加，小学生越来越少，星星点点散落在山洼的各个角落。为了方便离家远的学生，中心小学正在把旧教室翻新改建为宿舍，下一学年就可以实行寄宿制了。但到时候恐怕杨婧宇还需要步行回家，因为与其他同学相比，她还是住得不够远。

一路上，结伴而行的同学们陆续离开队伍，不时有开着摩托车的大人接走自家或者乡邻的小孩，有的摩托上能拉两三个学生。

走了差不多 20 分钟，在一个岔路口，仅剩的几个学生分成两队，一队四五个人向右拐，沿着长长的山路消失在大山里。另一路，就是杨婧宇和她的同学。两人迎着夕阳继续前行，脚下的路面已经由沥青变成土石，行走时要注意抬脚，不然很容易被石头绊着。

走了半小时平路后，两人拐上蜿蜒的山道。山道宽两米左右，没有石头，全是泥土。山道右边是高高的土坡，左边则毫无遮挡，一不留神便会滚到下面的梯田。当大家还在为庆阳"校车事件"欷歔不已之时，也许未曾留意，同在甘肃，一些学生面临的问题不是校车是否超载，也不是校车有与无，而是有没有足够宽的道路供校车行驶。这条山道，两人并肩骑车都会有一人被挤下去，而她的哥哥，每天都骑行在这条山间小路上，这样，才能赶上每天早上六点半的早读。杨婧宇的哥哥也在乡上读书，今年上初中三年级。

天色越来越暗，又下了一个大坡之后，她的同学也到家了，她一个人继续走，此时脚下已经没有路，只有田埂。山洼中雾气弥漫，抬头也不见星光。还好，再上一个山坡，就能看到杨家的小狗早已出门迎接她了。步行了一个多小时后，她终于回家了。

回家后的杨婧宇先是和哥哥一起做功课，与此同时，妈妈开始做饭。等爸爸回来，全家就可以开饭了。杨家所在的眼突山村之前有 30 多户人家，后来好多人家外出打工，还有陪子女去县城读书的，现在只剩 28 户。村里直到去年还是有小学的，但小学生实在太少了，今年给撤并了。

吃过饭，杨婧宇又写了一会儿作业，然后让爸爸检查。写作业耗时不到 40 分钟，和她用在路上的时间形成鲜明对比。说起子女的成绩，爸爸妈妈都很头疼，但他们还是希望杨婧宇和她哥哥一直读下去，读到大学。大人们是这样算账的：小学、初中费用可以不计，上大学可以贷款，负担最重的是在高中，学费、生活费一年差不多要 4000 多元。家里两个孩子，必须好好攒钱才行。不到晚上 9 点，两人就睡觉了。考虑到第二天早上 5 点就要起床，这个点上床，不算早。

第二天早上 5 点多，山洼还没苏醒过来，杨家已经灯火通明。兄妹两个穿戴完毕。

杨婧宇在快速梳头，爸爸妈妈开始做饭。

出门看看，漆黑一片。每天上学全家都如临大敌，爸爸妈妈也十分不情愿，可又有什么办法呢？且不说还要准备给子女的午饭或是零钱，单是安全问题就足够叫人操心。爸爸说，以前可以看到小孩从家门走进校门，现在每天都会为儿女晚归担心。六点一刻，手机响起，这是同学在催她出发了。爸爸又说，自己当年上学的时候，出门一喊一大帮人，现在倒好，一共就两个人。

吃过妈妈煮的一大盘面条，六点半，杨婧宇准时出门，下了山坡，同学和同学的妈妈已经等了好一阵了。两人结伴走向学校，天色比头天傍晚要黑，为了省电，只在最黑的时刻打一下手电。此刻，杨婧宇的哥哥已经到学校了。小伙子小时候斩草时不慎斩掉了左手的三根手指，真不知他是如何在这崎岖的山道上打着手电骑行的。

从山道下到大路，视野开阔了许多，偌大一个山谷，望去只有三处灯光，耳边听到的是零散的犬吠、鸡鸣。路上的危险不是遇到坏人，而是出了事没有人发现。继续走下去，又有同学加入进来，此时天光微明，离学校也越来越近。七点半，杨婧宇和她的同学们走进中心小学，校长已经等在楼门口，看着每一个进来的学生。

对杨婧宇来说，这是冬日普通的一天，一路走来很顺利，没有雨，这里也很少下雨；没有雪，"下雪就难走了，山道上的雪能有 10 厘米厚。"杨婧宇的爸爸用手比划着说。

记者手记：直到去年，杨婧宇还在村里就读，不到一年光景，她就必须长途跋涉了。头天晚上，我和摄影记者跟着她走回家，体力真有点跟不上，一路走走停停，而她得不时停下来等我们。还好，她没有一点不耐烦。因为是冬天，我们开始走时确实感到寒冷，但走着走着，身上就暖和起来，到最后，厚厚的冬衣下面居然汗流浃背。第二天上学也是同样的，刚开始清冷，而后感到燥热，等她走进校门，我和摄影记者觉得终于解脱了，回到旅馆一觉睡到中午。不知她上课时是否疲乏，会不会打盹？满打满算，我们的体验只有一天，而在新宿舍收拾好之前，杨婧宇还得一直走下去。

歌声

◎ 刘川北

我去山村小学支教。

支教另有所图，一是在城里待腻了，想换一种生活方式，呼吸一下山野里清新的空气；二是为了评职称，教育局明文规定没有支教经历的老师，不得参与职称评定。

远远地看见跃动的山脊，蓝色的天际，弯弯曲曲的山道，葱郁的树木，从山间流淌出来的清泉，如同被画家轻笔点染的山水写意，顿时激动不已……可时间长了，也会出现审美疲劳。夜静下来的时候，星星像撒满田地的种子一样，衬托着山村的寂寞清冷，周身便是一阵一阵的寒。

幸好，来了一位同伴。同伴年纪很轻，面容清癯，大多时候穿一条泛白的牛仔裤，有时候会换上印有"某某一中"的校服。后来得知，他来自小城，父母都已下岗，生活状况不遂心如愿。

他参加高考落第，其实现在有很多民办大学，上大学已不是求之不得的事情，更主要的原因是家里困难，拿不出那笔钱。没有考上大学，反而了却了家长一件沉甸甸的心事。他不爱说话，带着忧郁的气质。高中毕业后，暂时找不到合适的工作，工地上的体力活儿做不来，技术含量较高的工作，一时半会儿又找不到，恰好小学校缺老师，经朋友介绍就来了。

小学校是镇上唯一的完全小学，学生不多，一个年级一个班，每个班二三十人。老校长让我接四年级的班主任，我婉言推辞了。老校长只好找年轻人当这个班的班主任，事后，他很后悔，后悔自己头脑生了毛病，想也不想，就轻信了这个年轻人。生米煮成熟饭，也只好这样了。老校长找到他说，年轻人好好工作，日后有希望有前途！老校长说这些话的时候，还暗示他的一个亲戚在教育局里当差。所谓的希望，也就是像老校长一样从一个代课教师一步一步爬过来，转成正式教师。年轻人立在那儿，不说附和的话，也不发表反对的意见。老校长就挥挥手，让他去了。老校长问了我一句，这孩子是不是上学把脑子用坏了？

有时候，我要回城，就让他给我代课，他也答应。他一个人上了数学上语文，一天下来也很累。我过意不去，就特意给他买了一些年轻人爱吃的葡萄干蜜饯饼干日本豆之类的零食。他不说谢，一样一样地收下。后来，我发现，我买的零食都跑到了学生的嘴里。那些零食是山村里没有的，包装上还印着城里超市的名字，一样一样包装华丽，华而不实。学生吃着那些零食，又蹦又跳，动作里有了张扬的成分。他把零食做了奖品给了学生。

老校长说了，劳技、美术、音乐、体育都是副课，应付一下，不必太过认真。然而，他却较了真：美术课，他让学生画了个五彩斑斓，还贴到墙上，做了展览；劳技课，他手把手地教孩子们用彩纸叠千纸鹤。学校里有一架破风琴，没有人会弹，已结了蜘蛛网，蒙了灰尘。他找学生搬出来，擦干净，亮亮堂堂地摆到了教室里。小学校里荡漾着歌声，琴声喑哑，给人的感觉，那不是一架会发声的琴，而是一架会唱歌的纺车。孩子们用尽吃奶的劲儿唱歌，歌声却也纯净透明，是让人感动的童音，氤氲缠绕，打破了校园里的沉闷。多是些让人怀旧的老歌，《蜗牛与黄鹂鸟》《让我们荡起双桨》，偶尔也有新歌……他的班上一唱起歌，别的教室的学生个个侧起耳朵倾听，他们在老师严厉的审视下，一脸庄严肃穆，心却飞了，乘着歌声的翅膀飞到了树梢上、屋顶上、白云上。有时候，恰逢别的班上体育课，学生们不疯跑了，也不上树爬墙了，全围在教室外面。也常有双黑漆漆的眼睛，或者一只压扁的鼻子，紧贴在窗玻璃上。

老校长说，乱套了，乱套了！有学生找校长说想要留级。好好的，干嘛留级？问来问去，才摸出底细：这个学生想去四年级，因为四年级有个会唱歌的老师。有学生打架，是四年级学生和外班的学生打群架。问明白后，才知道，外班的学生支离破碎地唱歌，四年级的学生不干了，说是他们老师教的，你们凭什么唱？气势汹汹的样子，好像全世界唱歌的特权让他们承包了……屁大的事，却把校园弄得不得安宁。老校长生气了，吩咐学校里不准唱歌，唱歌影响学习。老校长以为这样就平息了事端，不承想，四年级的学生罢课。最后，只好想了一个折中的办法，让年轻人给每个班上一节音乐课，学校给他每个月补助 10 块钱。

寒假过后，年轻人没有再来，小学校仿佛少了千军万马似的，清静了许多。四年级还缺一个老师，老校长抓耳挠腮，想不出一个好办法来。老校长去了好几趟乡教所要人，对方让老校长自己想办法找一个代课教师，钱可以由乡里出，人要自己找。老校长抱怨说，这事不好办呀！一个代课的，一个月挣不到 300 块钱。一个大字不识的人，去外面的鞋厂打工，管吃管住，每个月还 850 块呢！说起代课的年轻人，老校长说，别提了，我宁肯自己教这个课，也不要他来。最终也没能找到一个合适的人，老校长只好一个人当两个人用，自己教这个课。

老校长怪罪他，原因不只是唱了歌。期末考试的时候，别的班周六周日都补课，狠抓考前的黄金时间。他不但不补课，歌还照常唱，唱得比平时还要响亮。最后乡里的统测排名，排在末位的是他，给学校抹了黑。老校长差一年就要退休了，他光荣了一辈子，要不得这最后的一抹黑。放了寒假，他拎了烟酒，去朋友那儿，让朋友转告年轻人被辞退的事。

后面的事，是我回城后从朋友那里知道的。他去南方打工，有了一家自己的小公司。后来，他回到那个小学校，给这所山村小学捐赠了两架手风琴和一架脚踏风琴。捐赠大会上，请他上台讲话。他上了台，还没有开口，到会的群众突然间有所醒悟，有人带了个头，喊了一声"老师"，人群潮水一样涌过来，大家喊着"老师你好，老师你好"，会场成了一锅粥……老校长早就退休了，在座的老师都十分诧异，明明是老板，怎么成"老师"了？知道底细的人也纳闷，教了没有 3 个月的书，人们对他却比对在学校守了一辈子的人还要亲切热情……

泡澡池镶着天蓝色瓷砖，
虎博显然没见过这么多水，
不敢下，
问蓝水会不会咬人。

———————————————————

一生终于一事 /

水啊，水

◎ 鲍尔吉·原野

　　我表弟伊兴额住在科尔沁的开花镇，离我家 200 公里。他来电话邀请我去那里，给我姑姑祝寿。

　　坐大巴车到开花镇，窗外庄稼和草地的绿色越来越少。渐渐地，眼前出现大片荒地，不长草，旱。

　　表弟家在开花镇的胡屯村。10 年前，这里发现了煤田。千军万马一通开采，表层煤挖尽，人都撤了。原来的良田，现今沟壑纵横，一片破败。水被抽干，有些耕地大面积塌陷。而最要命的是缺水。过去，水泡子里野鸭浮游，村民用苇草编凉席。现在全成了赤地，地面裂开一指宽的缝，远看像龟甲花纹。

　　头几年，我劝表弟搬家，他反问："往哪搬？农民只会种地。到别人的地方，别人不给你土地！"

　　进入胡屯村，许多房子的门用砖砌死，人不知到哪里打工去了。

沙化的土地上长野生的沙蒿。玉米很矮就抽穗了，旱。

到了表弟家，我姑姑被打扮得衣衫光鲜、神采奕奕，被人扶到门口迎我，但她已经不认识人了。我给姑姑请安，献礼物。她笑着目视远方。80 岁的姑姑正完成由正常人类到植物的转化，安然无虑。

伊兴额表弟邀请过我来，但对我的突然到来仍然很意外。他感动得反复搓手，瞪大眼睛，激动得嘴里说不出什么话。

寿宴开始，一碗碗的菜肴端上来。伊兴额宰了一头猪。邻居们全请到了，大家向我姑姑敬酒。姑姑穿一件绿绦绲边的桃红色蒙古袍，像庙里的菩萨。小孩子跑出跑入，偷着抓一把糖或黑瓜子，交换研究。

但气氛不欢乐，大家脸上带着一层忧虑。

他们说着，话头到了干旱上面。

说到水，这些人全把酒盅放下了，垂头。

没有水啊，邻居宝财说，以后怕是牲畜都没水饮了。

"扑"，我的酒盅里竟掉进一颗红扁豆，溅起酒花。伊兴额抬头对顶棚说："别瞎闹。"

我看顶棚，杨木板材在棚顶搭了一排，一个小孩脑瓜缩了回去。不一会儿，有个七八岁的孩子笑嘻嘻走进来，一头带卷儿的黄头发。

这是我孙子虎博，表弟说，是他在顶棚往下扔扁豆。

虎博皮肤粉白，脖子上有鱼鳞似的污垢。

伊兴额发现我看虎博脖子，解释，这孩子打出生从没洗过澡，脏得很。

虎博一抻脖子嚷道，洗过，洗了两次。

嗨，伊兴额说，都是下雨天洗澡，咱们这个地方不下雨，一下雨，又急又猛。赶紧拿盆子、搬缸到外边接水。小孩儿脱光了用雨水洗澡，妇女到房后背人的地方洗一下。一年也就洗一次。衣服脱慢了，洗都洗不上。

虎博靠在我身上说："你带我进城洗一下澡吧？"说完，他转身跑出去，从东屋拎来个布袋，倒地上——染了颜色的羊拐骨、一只已经蹬腿的绿羽毛的小鸟尸体。他说："领我洗一下澡吧，这些好东西都送给你。"

好，我答应他，让他把小鸟埋进地里。

第二天启程，我带上了虎博，进城洗澡。

表弟套上驴车送我和虎博，大巴站离他家有一段路。路边有一片庄稼长得特别好，玉米黑绿粗壮，园子里菜蔬青翠，特好看。

表弟说这家打井了。他家不光庄稼好，每天还能洗澡，还洗衣服。他家娶的儿媳妇都比别人家的漂亮。

打井多少钱？

出水四千，不出水两千。表弟回答。

大巴出现了。伊兴额表弟脸憋得通红，低头说："我有个事，想说。"

"你说。"

"我想向你借钱打一口井。"

我想了想，借就是捐，他们还不上。

我说："回家给你电话。"

回到家，我领虎博来到洗浴中心。他脱光了衣服像个黑肉干，污垢已变成他皮肤的一部分。我让他到温水池好好泡一泡。

泡澡池镶着天蓝色瓷砖，虎博显然没见过这么多水，不敢下，问蓝水会不会咬人。我说瓷砖蓝，水是清水。我抱他入水池，他用手摸水，往脸上撩水。水波在他身边温柔荡漾。

过了一会儿，虎博恢复了神智，跑到红色大理石墙壁边上的每个花洒下面拧开关，仰面闭眼冲洗。玩够了，我把他全身搓了一遍，红嫩似新人。他说，在这里洗澡的，都是世界上最有钱的人。

我说也不是。

他拿巴掌沾地面的水，抹身上，说没钱怎么有这么多的水？城里人真了不起。

三天后，我和虎博到客运站，买大巴票，送他回家。给表弟打电话，让他接站。突然我看到虎博放在地上的书包湿了，我去拎。他不让碰。接着，一摊水从书包往地面上浸透。我打开书包——里面装着五六个旧塑料袋。有的装着水，有的水漏没了。

虎博低头说，我从你家里水龙头接的水，带回家去。

我叹口气，说："告诉你爷爷，我帮他打一口井。"

有这样一群孩子

◎ 孙君飞

　　"童年像取暖器"，暖了自己，也暖了亲人，彼此温暖未尝不是一种自爱自救，当世人都忘了她们时，她们还记得自己的被子、自己的冷、自己的体温、自己的记忆和元来，这是力量所在，也是希望所在，更是需要我们深情凝望和真诚守护之所在。

　　母亲在我耳边絮叨着："你大舅、二舅去打工了，你三姨、四姨去打工了，你表叔、表姑也去打工了，你小时候的同学、玩伴儿都去打工了……"

　　我面前出现一条越来越汹涌的河流，我只能看着它奔涌而去。

　　在长久的沉默中，我突然醒悟过来，急忙问："孩子，孩子，他们的孩子怎么办？"

　　"能怎么办？都留在老家，跟着爷爷奶奶过，有的一个人过，可怜的孩子！"

　　母亲并不知道，这样的一群孩子，人们统称他们为"留守儿童"。她所说的，只是几千万留守儿童中的一小部分，但再少也是我们的亲人，我无法撇开这一切。这样一群孩子在大人们的絮叨、诉说中，常常会被记起吗？

　　诗人说："几千万留守儿童并非几千万粒芝麻／几千万粒芝麻也有庞大的重量显示一个庞大团队。"

　　这真是触目惊心的句子，让人看了，如坐针毡。当你念完这句诗时，是不是觉得诗人在呐喊？有一种"庞大的重量"压到你的心上？

　　我仿佛听见一个留守儿童说，你们说一个"我"只是一粒芝麻，那么好吧，我们会让你们看到无数粒芝麻，当所有的芝麻站在你们面前会出现什么？你们能说得出吗？

　　这样想的时候，我难受得想哭。

　　诗人叫张绍民，一个游走在城市和乡村之间的"打工诗人"。我对他没有更多的了解，但我相信迄今没有像他这样关切和悲悯留守儿童的诗人或者作家。他为留守儿童写了一系列的诗篇，这群孩子简直就是他的孩子，他为他们哭，为他们痛，为他们用泪水浇灌出了善之花。

　　他在《多与少》中写道："村里的动物越来越少／村里的童年越来越少。"现在还有人记得或者相信童年是离不开动物的吗？完整的童年里一定有一些动物相伴，哪怕只是一只"曲项向天歌"

的白鹅，一只"其角濈濈"的羊，一只"飞入寻常百姓家"的燕子。

动物大多数时候对待儿童比对待成人友善，因为儿童也是这样对待动物的。一个孩子在童年时种下友善的种子，长大后他能够依然对动物友善，也可以对人类友善。

动物对于童年的回馈远不止这一点，当孩子们在孤独中成长的时候，前来陪伴他们的动物是另一种活力和梦想，孩子们相信童话是从动物的陪伴开始的。

鸡鸭成群、六畜兴旺是国富民强的一个象征，也是无数乡村孩子的福气。"原来的童年有狗陪着／狗当童年的影子／原来的童年当牛的影子／跟着牛到处阅读青草阅读蝴蝶"，但是在当今留守儿童的乡村里，"三个村共用一个童年／三个村的动物越来越少／消失的还在继续消失／陪伴童年的狗牛比童年的数量似乎更少"。这是留守儿童诸多悲情的一个缩影，没有人知道当动物一个个都去了养殖场时，还有谁能够坚持到最后来陪伴他们？家常动物在乡村的消失对于童年来说，不亚于珍稀动物的灭绝。

诗人指着乡村塌陷的伤口说："动物越来越孤独／童年越来越单调。"这是一个被诗人拉近了的真相，而许多人只能保持沉默。

留守儿童能不能想明白动物的消失究竟意味着什么？长大后，他们一定会明白，只是不要太迟就好。

大人永远有大人的盘算和退缩，"村小学由五间教室减少到两间／最后村小学取消任何一间教室／这个村和那个村还加一个村／拼成一个小学"，其间可见大人们自私自利、冠冕堂皇的算计，这样的"减少"和"拼装"常常美其名曰"整合优化教育资源"，或者是"有利于学校管理，有利于教育教学质量的提高"，但是孩子们上学的路途更加远了，他们距离那个没有父母的家（这好歹也是一个家）也更远了，人们无法预知他们在这样的道路上能够坚持多久。

这样的"拼装"，只是为了自己的方便，而不是为了孩子们的方便。

走读的孩子会看到日出，看到晚霞，而寄宿的孩子不能，他们看到的只是一院房子……寄宿是对童年强制的压缩，而留守儿童不是压缩饼干，万万不可"拼装"。

教育应是天底下最悲悯慈善的事业，再大的艰难困苦都要自己背起，不能分担给孩子们，尤其不能在留守儿童的伤口上撒盐。

"减少"和"拼装"学校，等于武断无情地向外宣称：在这里，读书的孩子越来越少，而且今后也不会增多，不会再来孩子了。我不知道为什么大人总是要比孩子提前悲观和绝望，我们为什么不能向孩子们庄严承诺，哪怕只剩一个孩子，学校也要永世长存，跟你们相伴终生？我们为什么不会相信，只要有学校在，就会等到前来读书的孩子；总有一天，留守儿童会等到他们的父母，会等到他们的玩伴？

也许，不少问题出在我们只关心宏大叙事，而不在乎细枝末节。提到留守儿童，我们只会根据自己的理解谈一谈概念性的认识，难以看到血肉，不知道他们的泪水是涌出来的，还是忍着的，也不知道他们的掌心里握着什么，夜里睡觉会梦见什么，更不知道他们的秘密和游离，他们游离出了很远很远，也许比陌生还要陌生，比孤独还要孤独，比脆弱还要脆弱。

诗人张绍民比任何人都熟悉留守儿童，他不是居高临下来剖析孩子，也不是匍匐在地来赞美孩子，而是蹲下来拥抱孩子，将他们揽在怀里一同哭泣，一起做梦，他帮孩子们擦去泪水，孩子们也帮他擦去泪水，彼此都知道对方流了几滴眼泪，哭了几声。

他在《痛着成长》中写道："女儿独自一个人活在村子／晚上要上厕所／只能憋着／小小心灵害怕上厕所／没有母亲在身边／深夜里就没有光明照耀她。"

这样的诗句不是被人摩挲得闪闪发光的文字，而是饱含泪水的文字，沉潜着难以言说的痛。我不敢去动这种句子，害怕稍有风吹草动，其中就有泪水澎湃。

母亲是深夜的光明，是将一切恐惧阻挡在外的铜墙铁壁，哪怕最卑微的母亲也能够做到这一点。母亲的伟大还在于——"女孩子的悄悄话／有的只能向母亲说"，没有母亲的童年不完整、不柔软、不芳香，而没有母亲的成长缺少隐秘的承担，一些孤独的隐私是能够伤人的，不能很好地处理隐私的孩子也是不能很好长大的，因为她缺少了一种沉稳厚重、能够庇护生命的幸福。

"现在有的话／只能烂在心里／烂成心中泪／泪水不能流出来／才叫作痛／才叫作苦"，这种痛苦对于留守儿童来说，难道只是暂时的吗？难道是公平的吗？

一个小时候害怕上厕所的孩子，长大后仍旧会害怕，这么漫长的时间如此令她害怕痛苦，她还有什么话需要说？她还有什么隐秘不能烂在心里？谁都明白她的人生将充满更多的不确定，更多的"不能流出来"的泪水。

"不少童年／自己陪自己聊天／自己陪自己睡觉，做梦／一个孩子要把自己变成两个人……"（《自己陪自己长大》）"他不停地玩／只为了忘记自己／忘记心中的爸爸妈妈／快乐一旦刹车／只要一停下来／就看到童年周围／空着父母"（《用快乐来忘记》）"父母打工扔下孩子／成长只好投靠电脑／孩子溜进网络怀里／网络里的怪兽、机器人、仙女、侠客／都成了他们的密友／与童年打成一片／怪兽比父母与孩子的心灵靠得更近／怪兽在成长心里随时横冲直撞"（《远与近》）……

在张绍民的诗歌中存在很多这样细小的涟漪，读起来却是惊涛骇浪，觉得是盐，是火，是刀，是血。这是诗人的眼睛在凝视，也是诗人的良心在搏动，这些"细枝末节"是诗人最有尊严的地方，也是他无愧于"诗人"之称的地方。

"孙女先进入被子／把被子暖暖和／然后叫奶奶来睡／童年像取暖器／温暖寒冷／连被子都被孩子的懂事感动"，张绍民的"留守儿童"诗歌并非让人读不出温暖和希望。生活摧毁不了人心，当一个孤单的留守儿童不论自己如何弱小、悲伤，也不忘在寒夜里暖热奶奶的被窝时，我感到其中强烈而持久的寓意，我会为自己一个人的幸福和温暖感到羞耻，也会为孩子们的坚强和爱所感动。

　　"童年像取暖器"，暖了自己，也暖了亲人，彼此温暖未尝不是一种自爱自救，当世人都忘了她们时，她们还记得自己的被子、自己的冷、自己的体温、自己的记忆和未来，这是力量所在，也是希望所在，更是需要我们深情凝望和真诚守护之所在。

何教授设计的这个协议，

跟 *2006* 年诺贝尔和平奖获得者

穆罕默德·尤努斯

在孟加拉国搞乡村银行的制度设计有异曲同工之处。

一生终于一事 /

幸福是什么

——青海支教日记

◎ 薛 瑞

第一日

我知道这个世界上不是每个孩子都像我一样是在物质充裕的环境中成长起来的，可是知道并不等于懂得，我是在见到日月乡的孩子们以后才懂得的。见到他们的时候我只后悔没有再多带一些东西过来，因为当你看到他们，就知道也许我们平常生活中手边的每一样东西对他们来说都有可能是宝贝——铅笔、本子，甚至 A4 的白纸。

我住在一个叫蓉蓉的小女孩家里。她内向、害羞，说话的声音小到难以听见，但是自从我把手伸给她，她就一直牵着我的手不肯放开。路旁有很多盛开的马兰花，我随手摘下一朵帮她别上，自己也别了一朵，然后就把这件事情忘了。后来等我出门的时候，惊讶地发现她用很多很多马兰花扎了一个大花环给我，羞涩地戴到我头上。在海拔 3300 米的青海省湟源县日月乡，我因高原反应而头痛欲裂，强烈的日光让我睁不开眼，然而戴着花环的那一刻，我的眼泪止不住地往外涌，笑容在脸上异常灿烂，感动于人与人之间如此真诚的相待——我只给了她一只手，她就因此一直牵着我走；我只给了她一枝花，她却给了我一个这样精致的花环。这种在复杂都市里越来越罕见的单纯的信任与放心的交付，让你觉得内心被一种叫作温暖的东西慢慢填充，而同时，每分每秒你都想做一件事，那就是：感恩。看着写着"每日只投三分钱，合作医疗保平安"的房子，穿着太过俭朴的老乡，土坯砌起来的房屋边墙，我第一次意识到原来生活给了自己这么多，而我却从不知晓。当我们在城市里享受着自以为理所应当享受的一切时，却不知道，200 元钱就可以让一个孩子上一学期的课。

感谢生活，感谢孩子们。

肉骨头的故事

我们 8 个支教队员住在 4 户人家，队长所在的那家有 2 个可爱的男孩子，弟弟叫生龙，哥哥叫生军。这是一个很困难的家庭：爷爷奶奶，爸爸妈妈，两个儿子，以及一条威猛漂亮的藏獒小黑。全家只靠爸爸一个人白天干活，晚上帮人看工地为生。

今天是周日，上午和希望小学的老师们开课程商议会，下午跟车去县城买日用品。去的路上队长问我这两天在住户家吃什么，我说："馍，奶茶，中午有鸡蛋。"这两天我们没有人在住户家吃到过肉，并不是因为他们不爱吃，而是吃不起。生龙家的那条藏獒也从来不曾被喂饱过，也是因为没有肉吃的缘故。

我们都很想给住户家带点肉回去，但是又担心淳朴的住户以为我们嫌他们没有给我们做肉吃，所以一路上我和队长为了要不要买肉回去讨论了很久。后来决定，不买肉回去，以免让老乡们自责。但是队长还是去肉摊挑了一些剩的肉骨头，想带给小黑，他实在舍不得让这样一条漂亮精神的藏獒饿着。

然后我们就抱着大包小包的各式文具、篮球、足球和图书回到村上。我和同住的秋玲买了些蔬菜，帮着家里炒了几个菜。蓉蓉吃了很多，连生西红柿都蘸着白糖直接吃了，吃完还一直吮自己的手指头。收拾完碗筷我才看到队长发来的一条短信，他说，肉骨头拿回去他说是给小黑吃的，可家里的爸妈说，这么好的肉骨头，还是给生龙生军哥俩吃吧。这条短信让我难过了好久。

晚上秋玲备课，我写东西。在这样的环境下我很难再去娴熟运用自己曾引以为豪的小资笔风，能做的只有平实地记录。在县城的时候很想寄明信片给关心我的朋友们，可是跑遍了县城的两家邮政所都没有。事实上我连要写的话都想好了，只好在这里和你们分享：

我在海拔3300米的青海湟源县写下这张明信片。昨天的午饭：馍、奶茶、鸡蛋。今天的午饭：一样。但我并没有任何怨言，因为在这里每多过一分钟，就更加感受到自己在城市的生活是多么好。

原来，在我们抱怨的时候，并不是因为我们生活得不幸福，而是一直没弄清楚幸福的标准与门槛。

明天我要给五年级的孩子上一堂语文课，课文的名字叫《幸福是什么》。这篇人教版通用教材上的课文，我读了很久。也许真的直到今天，我才有资格给孩子们讲这篇课文。

亲爱的朋友们，你们能给出答案吗——幸福是什么？

爱是恒久忍耐，又有恩慈

昨天第一天上课，孩子们比我想象中的乖很多。我讲完《幸福是什么》以后，让孩子们说说自己的幸福。生龙说："一次爸爸去西宁，只能带我和哥哥中的一个人。哥哥说我们俩抓阄，于是做了两个纸团让我抓，我抓了'去'，哥哥就让我去西宁。后来爸爸才告诉我，哥哥写了两个纸条，都是'去'。"

说着说着，生龙就哭了。

在问到"感到幸福以后你会做什么"时，几乎所有的孩子都说：报答父母，让他们过上好日子。对于五年级的孩子，我多希望他们能够活得轻松一些，快乐一些。然而，早一点明白这些道理也不是件坏事：我们都该早些明白，幸福是如此容易转瞬即逝，若不抓住，就只能失去。

生活异常简单。昨天我坐在一年级教室的后面看老师给孩子们上课，帮他拍照片。某一刻我想，如果上课的不是这个老师而是我所爱的男人，我就这样在山村里和他守着这些孩子，每天日升而出日落而归，简简单单地相伴至老，亦是一种莫大的幸福。

晚上去生龙家和队长及李大哥喝了些酒。坐在一起，就着一袋炒瓜子喝青稞酒。我很高兴，很久没有这样豪气而简单地为了喝酒而喝酒了，在城市里每次喝酒都带有目的性；也很久没有这样简单而朴素地喝酒了，听从的只是内心的召唤，喝下的都是真挚的情感。

孩子们问我："老师，什么是你的幸福？"让我怎么回答你呢，孩子。

如果我说，这样简单真实的乡村生活就是我的幸福；如果我说，和这些善良认真的公司同事在一起亲密无间地教书就是我的幸福；如果我说，看到孩子们帮我把在雨中踩湿的鞋子放在火上烤即是我的幸福，孩子，你会明白吗？

在希望小学的日日夜夜，我的心被爱盛满。我第一次觉得自己如此强大，相信自己可以燃起这些孩子的希望之火；也是第一次觉得自己是如此渺小，感到自己无力改变他们的人生。但是，我会尽我所能去做，做好我能做的每一件事。

上帝说，爱是恒久忍耐，又有恩慈。孩子们，谢谢你们给我这些恩慈。

每一个真实的现在

当我坐在老乡家的院子里写下这些的时候，要上的课程都已结束了，和孩子们也已经非常熟悉。下午他们上体育课，看到我就会蜂拥到我身边，拉我陪他们做游戏；亦不再害羞，会大声唱歌给我听。而就在此刻，就在我坐在青海的阳光下写日记的时候，还有很多调皮的男孩子透过门缝大声叫："老师好！薛老师好！"这让我时不时需要抬起头，微笑着大声回答他们："你们好！"

感激我们的孩子，让我在生命的第 24 年，第一次分分秒秒心怀感激，明白自己过去的 24 年是多么幸福。感激我们的孩子，他们的心灵是这样的真诚而不设防，当你对他一分好的时候，他恨不得用三分来回报你。

今天，知道我们就要走以后，很多孩子都掉下了眼泪。我不愿回答他们"老师，你以后还会不会来"这样的问题，因为我太现实。坦白地说，我觉得不会了。生命太短暂，人生的行程太长，我一路都在被推赶着往前跑，身不由己。所以我想，在此地的停留，真的将会只是一生一次的际遇。

孩子们，你们对于我，以及我对于你们，都是错过了不再回来的。谢谢你们从远方将我召唤至此，也庆幸我并未错过你们。短短几日，所授的知识实在有限，但是希望，当你们可以肆无忌惮地用你们脏乎乎的小手搂住我的腰让我扮演"鸡妈妈"的时候，你们内心深处的自卑可以从此少那么一点点，你们对自己的未来可以更加自信一些。

同时，那登山至顶的兴奋、山间小花的美丽、午夜星空的璀璨，以及在这片土地、这些日子里发生的太多细小却真实划过心间的美好情感，都将被我铭刻在心，深深珍藏。

突然，毫无联系地，我想起了许巍的那首歌："每一个真实的现在，都是我曾经幻想的未来。"孩子们，你们亦将如此。

我走着、看着、问着、记着，
写下一份沉重的人生履历，
也收获着贫穷带给我的震撼和感悟，
在漂流中体验，在漂流中悟，在漂流中成长。

一生终于一事 /

漂流·体验·感悟
——大山深处的接力

◎ 殷浩哲

　　我与徐本禹（央视"感动中国"2004 年度十大人物之一。他放弃公费读研机会，志愿赴贵州义务支教）是好朋友。今年 7 月，我以在校大学生的身份独自奔赴贵州省毕节地区徐本禹支教的大水乡和更加贫困的黄泥乡进行义务支教和社会调查。短短 20 天，在崎岖不平的云贵高原上，在贫困而朴实的村民家中，我走着、看着、问着、记着，写下一份沉重的人生履历，也收获着贫穷带给我的震撼和感悟，在漂流中体验，在漂流中感悟，在漂流中成长。

2005 年 7 月 10 日 晚上

　　昨天的此刻，我还在贵阳车站驻足、张望，今天，我已经在大水乡政府报到了。

下午三点多才辗转来到大水乡。刚下过大雨，车子开得小心翼翼。路的一侧是大山，另一侧就是深不见底的悬崖，泥泞、狭窄、崎岖、颠簸……

在乡政府找到党办王主任报到，随后被安顿到乡政府招待所。傍晚，王主任叫我去吃饭，并且告诉我，由于今天是周末，派驻到大石小学、大慈小学的支教老师都要"回家"补补油水，正好我们可以认识一下。

饭菜很是丰盛，我和几位志愿者坐在一起，大家都很热情。经过交谈我了解到，王震是山东团省委派驻大石小学的志愿者，来贵州前是山东大学大三学生，休学一年。王龙则是我真正的老乡，聊城人，今年刚从华东理工大学毕业，在上海电视台实习，来贵州做一期纪录片。两个杨老师都是支教一年的志愿者，杨梅老师来自广东，辞去高薪工作自愿来贵州支教，被派驻大慈小学。杨璐锡老师则是从毕节地区的中学教师中脱颖而出，受贵州团省委和毕节团市委的委派来到大石小学的。他们向我讲起支教过程中的震撼和触动。我静静地听着，分享着他们的欢乐和感悟。

2005 年 7 月 12 日 傍晚

我的脚下是磅礴的乌蒙山，眼前苍茫的天空，飘落着零星细雨。

这几天一直没有动笔，心情很复杂。

去大石的路，我们走了 3 个小时。下着小雨，碎石、泥土和雨水混在一起，泥泞至极。15 里都是山路，一边是悬崖，一边是峭壁，路很窄，大概只有三四十厘米。

我们小心地向前"滑行"，翻越一座座山，当远远地看到大石小学崭新的楼房和那旗杆上高高飘扬的五星红旗时，我们欢呼起来。

由于徐本禹的"品牌效应"，大石小学已经成为"天堂"。两层的教学楼，外面贴着白色的瓷砖，孩子们有了图书室，老师办公室也配备了电脑。新校舍旁边仍保留着原来的大石小学——那是一个简陋的茅草屋，破草席就是屋顶，大门紧闭，贴着封条，静静地待在楼房旁边的角落里。

当初徐本禹就是在这样摇摇欲坠的"教室"中履行着自己阳光下的诺言，而孩子们，也正是在这样一个随时可能倒塌的危房中努力去实现自己"走出大山"的梦想。

我去给二年级的孩子上语文课，站在讲台上俨然是一个老师，二十几个孩子专注地看着我，一双双眼睛里充满渴求。破旧的衣衫，露出脚趾的鞋子，蓬乱的头发，黝黑的小脸荡漾的却是纯洁得不带一丝杂质的笑容，满是幸福和快乐。他们贫穷，却依然快乐，他们快乐，却不得不接受命运的安排。他们出生在深山，过早地承受了贫困和苦难！

到吃午饭的时间了，王震远远地招呼我过去洗菜，我兴致勃勃地跑过去，却发现只有土豆。王震看出了我的惊奇，解释道："毕节地区的主食就是土豆和玉米，当地称土豆为'洋芋'。我们吃的所有东西，都是家长让孩子们从家里带来送给老师的。有时也会有西红柿、绿辣椒和鸡蛋，但这种情况很少。现在知道了吧，我们每个周末去乡政府食堂补补油水是一件多么快乐的事情！"

很快就开饭了，一盆炒土豆，一盆煮土豆，都是超大号盆子，只有盐和少许的油做佐料，可谓"清炒""清煮"。大家围坐在桌子旁，就着米饭狼吞虎咽。孩子们在远处的土堆上张望着，王震又一次向我解释："孩子们是不吃午饭的，一是因为家远，来不及回家，更重要的原因则是家里太穷，无法负担他们吃午饭。孩子们大多有胃病，上课的时候很多孩子的胃就会疼。王昌茹老师曾经搞过一个'午饭工程'，目的就是让大石小学所有的孩子都吃上午饭，可惜没有成功。"我望着眼前的米饭和大盆的土豆，说不出话来。

下午是语文测验，交卷时间到了，我这才发现，一个小男孩倒拿着卷子看了整整一个小时，试卷上空空如也。

"为什么不做呢？"

"看不懂。"

"啊？卷子上题目的类型老师都讲过的。"

"我不用学习。"

"为什么？"

"我爸爸是卖豆腐的，全村只有我家开豆腐店。"

"……"我无语，而那个孩子脸上还荡漾着幸福与自豪。一个开豆腐店的家庭就可谓是当地的"比尔·盖茨"，这个家庭的孩子就有其他孩子所没有的炫耀的"资本"，就有权利不学习！我看着孩子无辜的大眼睛，不知道该为他高兴还是该为他悲哀。孩子，面对贫穷，你是无辜的，但现在却变成一种无知。贫穷并不可怕，可贫穷加上愚昧就意味着灾难，意味着无药可救。

晚饭依然是土豆和米饭，吃完后没有回乡政府，在大石小学过夜。

一觉醒来已经是七点了，坏了，误了上课了，我套上衣服冲出来，看到王震正笑嘻嘻地在外面洗脸，"怎么了？不用急，孩子们的家离学校太远，最远的要走3个多小时，我们每天上午9点正式上课。"我心里的石头这才落了地。

孩子们陆陆续续到齐了，也差不多该上课了，我开始检查昨天布置的作业。除了字迹稍乱一点，总体来说还算可以。最后一个把作业递给我的是一个扎辫子的女孩子，怯怯的。我一看，她的作业只写了一半。我不动声色地把作业本还给她，开始上课。

下课后我找到王震了解情况，他告诉我，这个孩子是全班家里最穷的，也是学习最好的。父亲瘫痪在床，母亲跑了，还有一个弟弟。她所谓的"家"，是个茅草搭起来的"二层小楼"，"一层"是牲口圈，上面搭上几块木板，铺上草席，就是"二层"，是她和父亲以及弟弟睡觉的地方。每天她放学回到家就要割猪草、砍柴、喂猪、喂牛、喂马，然后做饭、收拾、挑水、服侍父亲睡觉，照顾弟弟，忙完这些的时候天通常就黑下来了，家里是这种状况自然也就不可能有灯油点灯学习。第二天一早就要起来把全家直到傍晚的活做完，然后跑着来学校，但是她从来没迟到过，没有做完的作业第二天也一定会补好交给老师。

我回到教室，悄悄地从兜里摸出 200 块钱塞到她上衣口袋里，不忍回头再看她，转身走出来。

下午四点半，孩子们放学了，我夹着书兴冲冲地回到办公室，却发现办公室里挤满孩子，还有一些孩子围在门口，手扒着门框，一片哭泣声。我猛然想起来，在这里支教一年的陈老师今天要走了。陈老师把自己的衣物和鞋子一样样地发给大家，低低地叫着孩子的名字，默默地把东西塞在孩子手里，一句话也不说，孩子们哭得更厉害了，老师转过脸，不去看孩子们脸上流下的泪水，自己的眼泪却早已夺眶而出。

下山的时候又碰上那些孩子——他们刚把老师送走，破旧的书包在单薄的脊背上一颠一颠地，脸上是风干了却依旧清晰的泪痕。

明天，我将动身去几十里外的黄泥乡——这个基本上没有被外界干扰过的地方，去见证更为原始的贫穷。

2005 年 7 月 27 日下午

今天晚上，我就要下山离开黄泥乡了。

刚刚给孩子们上完最后一课，我平静地说下课的那一刹那，掌声响起，孩子们的眼泪流下来。我转过身，在黑板上写下"我要上大学，我要走出大山！"冲出教室，泪流满面。

小班长追出来，交给我一个塑料袋，旦面是 73 封信和 73 个彩纸叠的星星。他用磕磕巴巴的普通话说："老师，我知道您是城里人，山外面的，也许不稀罕我们的这些东西，每一个同学都给您写了一封信，叠了一个星星。这是我们全体同学的一份心意，请您收下。"

我把胸前"华东政法学院"的校徽摘下来，放在他手心，转身，离开。

在黄泥乡，我每一分钟都收获着感动和泪水。

贵州是典型的"地无三尺平，天无三日晴"，我上山那天正是大雨，乡政府把我送上山的三菱越野车开到半山腰就打滑了。正在为难之际，蜿蜒的山路上，一队人影越来越近——村民听说今天有个支教老师来，远远地下山来接我了！他们把我的行李"抢"过来放在他们的背篓里，让我轻装前进。

深一脚浅一脚地跋涉了 5 个多小时才到新寨小学，由于山路实在难走，不得不穿靴子，安顿下来以后才觉得双脚隐隐作痛，脱鞋一看，双脚都磨出了血泡。

村民们好奇地围着我，我的提箱、手机、数码相机在他们眼中都是那样新奇。他们只是静静地站着，看着我收拾东西，看着我吃饭喝水，看着我的一举一动。或许，他们在揣测，这个从山外面来的"娃娃老师"究竟能够教给他们的孩子什么东西？

第二天与新寨小学年轻的金老师（男）和陈老师（女）进行接触我才了解到，新寨小学是金老师办起来的，即所谓的"私立小学"。没有政府拨款，全校仅有的两位老师的工资就从学生交的学杂费中支出。而现实情况是，70多个孩子中有40多个由于家里穷，存在着学费拖欠问题，老师还要为他们先垫上。下面分别是我与金老师和陈老师的对话：

1. 与金老师的对话

问："当初为什么要办这所小学呢？"

答："我父亲的意思。"

问："能具体说一下吗？"

答："我的父亲以前给别人做长工，因为没文化吃够了苦头，他说，我们不能让娃娃们继续我们的生活。10年以前我初中毕业，在村里也算是个知识分子（笑），父亲就萌生了让我做老师教这些小孩的想法。"

问："这里一直没小学吗？"

答："是的。我们好几座山是一个村，小孩上学需要跑很长的路，不方便，再加上家里穷，很多家长就不让念书了。"

问："为了办学你们遇到过什么大的困难吗？"

答："首先一个就是一些人的不理解，因为我们村还没有私自办学的先例，给我们的精神压力特别大。还有就是在房屋上也遇到了一些困难。我们就把住的瓦房腾出来用作教室，自己住土房子。"

问："想过打退堂鼓吗？"

答："既然都开头了，就得干下去，只有这样。"

2. 与陈老师的对话

问："今年多大了？"

答："17。"

问："为什么要在新寨小学当老师呢？"

答："家里穷，挣钱。"

问："一个月的工资是多少呢？"

答："200块。"

问："你也是上完初中就……"

答："是的。"

问："为什么没有继续读下去呢？"

答："家里没钱了，两个弟弟也在念书，我想先挣一年钱再回学校，现在看来，不可能了……"

问："两个弟弟现在还读书吗？"

答："今年初中毕业，都考上县城高中了。他们想先出去打工，挣够上学的钱再回来。"

问："喜欢这些孩子们吗？"

答："嗯。"

问："对孩子们最大的希望是什么呢？"

答："希望他们好好念书，能走出去见见大世面，不再像我这样……"

新寨小学共有两间教室，复式班教学，坐满了一至四年级的孩子。教室尽管有窗，里面却仍然黑漆漆的。孩子们没有椅子，在木板搭起的简易"课桌"前站着听课。教室外面靠墙的地方依次摆着水缸、磨盘还有一摞摞干草，房梁上挂着晒干的辣椒和玉米。要不是教室前空地旗杆上飘扬的五星红旗和教室门口进进出出的孩子，我绝对不会相信这竟会是一所学校。

我看到不少孩子，在贵州 7 月的天气里，身上穿着厚厚的棉袄或者毛衣，手伸进去才知道，都是贴身穿的。他们一年四季只有这一身衣服！

还有一些孩子，已经开始接受资助，穿着崭新的衣裤，脚上却套着自己破旧得只剩鞋底的鞋子。孩子们都很羞涩，看着我向他们走去，扭头就跑，拉过来，也就不再跑了，顺从地回答我的问题，好奇地盯着数码相机让我给他们拍照。

我问他们："北京是什么地方？"

没人应答。

我又问："有谁知道上海？"

还是没人吭声。"贵州？""……""贵阳？""……""黄泥？""知道！"声音格外响亮。孩子们兴奋起来，争先恐后地向我讲述他们所知道的"黄泥"，看着他们漾着笑容的小脸，我却有股想哭的冲动。

晚上去附近一户村民家作社会调查，我掏出事先准备好的问题开始发问："您全家一年纯收入是多少？"村民一头雾水："什么叫'纯收入'？"我立刻改变问法："您一年挣多少钱？"

于是他便侃侃而谈。我又问："你们这里的合作医疗搞得如何？您有什么切身体会？"他又不明白了，什么叫作"合作医疗"？我索性把准备好的问题扔在一边，开始和他聊牲口的饲养，庄稼的收成，孩子的学习……

2005 年 7 月 31 日晚

火车刚刚启动，明天早晨，我就到家了！

30 号一早的上海火车站，早已有几个朋友接站。刚下火车，行李就被他们抢去。20 天的超负荷体验和一天两夜"干坐着"的劳顿已经让我快丧失了说话的力气，任凭他们"摆布"。

一出站他们就为我买了 31 日晚回济南的软卧车票，说是让我好好享受一下。我看着车票上赫然打出的票价，只觉一阵晕眩——好久没见过这么大数目的钱了。足够两个孩子一年上学的费用，我回家一趟就要花掉……

为了让我休整一下，几个朋友在上海陪了我两天。在上海新天地的星巴克，4 个人每人一杯冰拿铁和一小块一口就能吞下去的甜点，我分明看到朋友给了服务生 200 元人民币，可是只找回 50 元。"天呐！一个孩子一年的学费就这样被 4 个人在半小时内吃掉了。"我想。朋友似乎看出了我的心思，安慰我说："好啦好啦，该享受的时候就享受一下嘛，没你想得那么复杂。再说，贫困问题又不是靠你一个人就能改变得了的！"我愣了一下，什么也没说出来，只是又想起孩子们破旧的衣衫，裹着棉袄的瘦弱的身躯，远远看我们吃饭的眼神，只剩鞋底的鞋子中露出的脏脏地带着凝固血块的脚趾，还有那淳朴清澈、令人辛酸的眼睛。

又想起下山的那天晚上，依旧是大雨滂沱，乡政府的车在半山腰接我。深夜黑漆漆的山上闪烁着一条巨龙，全村一百多个村民都来了，打着火把，送我下山。分别的时刻终于来临了，陈老师扶着我的肩膀忍不住哭出声来。村民们都哭了，他们在反复地说着一句话："从来没有人这样关心过我们，谢谢！"车子缓缓地开动了，我把头伸出窗外，拼命地挥手，向这些可敬可爱的人们告别，泪水和雨水混在一起。陈老师追上来，塞给我一个已经攥得皱皱巴巴的纸团。小班长的声音远远地传来："老师，我要上大学！"稚嫩的童声在深夜的乌蒙山久久回荡。

我展开纸团，字迹依稀可辨——回去以后给我写信好吗？给我讲讲大学是什么样儿的，我是多么希望有一天我也能上大学啊！

我的眼泪又涌出来。一个只有17岁的女孩子，却已经有了3年教龄。在她的心中，大学是那样圣洁，那样美好，却也是那样遥远，对她来说，只能是一个乌托邦式的理想国。我想起了在新寨的这些天，房东嫂子为了让我吃上好点儿的饭，把家中仅有的4只鸡杀了3只。每顿饭都有肉和鸡蛋，对于这样一个贫困的家庭来说，是过年也吃不上的美味，而我，却这样吃了十几天，天天如此。家里 3 个不满 10 岁的孩子也因为我的到来得到"特赦"——每天放学后不用再去背草,"专职"陪着我玩。由于上课时间紧张,没时间刷鞋,我把沾满泥巴的登山鞋放在场院里晒着,上课回来却发现鞋子已被嫂子刷得干干净净……

新寨,我就这样离开你了!

我为你做得太少了!再见,新寨!再见,贵州!我是一个城市的孩子,尽管我的家乡不像北京上海那般发达,但也足以让我远离贫穷。我心中的农村无非就是华北平原一望无际的黄土地,麦浪滚滚,还有鸡鸭鹅牛羊马。

在网络上看过很多"黑照片",给我印象最深的是一个题为《灰色的震撼》的帖子。后来看多了,也就渐渐麻木,甚至理所当然地认为:社会不可能完全平等,阶层差异总是会存在的,贫困,也不是我一个人能够改变得了的;至于西部教育,大学生的力量更是杯水车薪。

然而这次,现实这个生动无比的"帖子"却让我目睹了真正的贫穷,还有在贫穷重压下死命挣扎的灵魂。除了震惊,还有痛心。贫穷不是他们的过错,而他们却不得不承受贫穷的后果。"起点公平",到底能不能实现?

面对大学生志愿者的行为,很多人不屑一顾,认为那只是年轻的冲动和激情使然。我也不止一次地这样想。可是,如果没有许许多多人的牺牲奉献,我们的西部谈何发展?贫穷和艰难,我们都要去面对,不变的是执着和坚持。

漂流没有终点,我,还在路上……

当你坐在舒适的房间里，感受着空调的清凉，

可曾想过，

有人此刻正在烈日下挥汗如雨，

为的只是一个最简单的生活目标。

一生终于一事 /

拯救西瓜，拯救心灵

◎ 姜钦峰

购房团早已名满天下，尽人皆知，那天在电视上，我竟看到一个购瓜团，闻所未闻，难道小小的西瓜也能炒出真金白银来？

今年 7 月底，由 20 多人组成的购瓜团来到西安市郊，他们乘坐的两辆大卡车大张旗鼓地开进了刘师傅的瓜地，一举买走了 2 万斤西瓜。在当时，西瓜的市场收购价是每斤 0.1 元，而购瓜团把价钱抬高了一倍多，每斤 0.22 元，2 万斤西瓜共花费 4000 多元。购瓜团满载而归，回到西安市内，他们把西瓜全部送给了环卫工人和心心幼儿园——这个幼儿园里的孩子都是智障儿童。

高价买入，免费送出，很显然，这是只赔不赚的买卖，那他们为何要打着"购瓜团"的旗号行"送瓜团"之实呢？事情还得从西瓜说起。今年夏天，关于西瓜的传言四起：安徽阜阳传言西瓜被注入艾滋病人血液，广州有媒体称西瓜被注入红药水……一时间，人们望瓜生畏，谈瓜色变，直接后果是西瓜无人问津，价格一路走低，不少瓜农血本无归。7月24日的《山西晚报》报道："运城瓜价跌至2分钱1斤，卖瓜农妇李爱芳上吊自杀。"西安的西瓜也未能幸免，价格迅速降到了冰点。西瓜就是瓜农的命，西瓜危在旦夕，瓜农濒临绝境！

　　瓜哥（网名）一直关注着西瓜和瓜农的命运，他是西安市的一名普通公务员，早年曾和父母一起种过西瓜，他深知瓜农此时的伤心与无助。一个念头在他脑海中闪过：拯救西瓜！他立即在网上发了一个帖子："在这个火热的季节，在这个西瓜又一次丰收的时刻，一个又一个关于西瓜的新闻让人一次又一次地揪心，先是山西运城的卖瓜农妇上吊自杀，又有长安区炮里乡的瓜农面对西瓜一筹莫展……"他呼吁网友一起去买西瓜，并很快得到了许多网友的热烈响应。仅仅几天时间，瓜哥就召集了20多名志同道合的网友，成立了购瓜团，并筹集了4000多元钱。那天早上，当购瓜团准备出发时，有个女孩大老远赶来，交给瓜哥50元钱，让他代买几个西瓜。女孩觉得自己出的钱少了，还有些不好意思，而她每月的收入仅有600元。

　　瓜哥经过实地考察后，决定购买刘师傅的西瓜。刘师傅家在西安市郊，家境贫困，儿子正上大学。他今年种了30亩西瓜，全家的希望都寄托在这片瓜地上，虽然喜获丰收，可没想到天不遂人愿，西瓜竟跌到0.1元1斤，一年的辛劳打了水漂不说，就连投进去的种子农药钱也将血本无归。西瓜的成熟期极短，卖不出去就只能烂在地里。刘师傅望瓜兴叹，眼睁睁地看着一个个西瓜在烈日炙烤下爆裂，每听到瓜地里"砰"的一声响，他的心也就跟着碎了一次。爆裂的哪里是西瓜，那是一个个生活的希望啊！

购瓜团的到来，为刘师傅解了燃眉之急。想必有人会质疑，一个小小的购瓜团，区区4000多元钱，无异于杯水车薪，能解决多少问题？

毋庸置疑，购瓜团的财力有限，无法帮助更多需要帮助的人，可是爱心无限，感动无限。购瓜团的举动震撼了古城西安，爱，如潮水般涌向瓜农：许多企业派车直接去瓜地买瓜；"驴友"们都把自驾车去郊外买瓜当成了时尚；当地政府为了帮助瓜农渡过难关，迅速出台了优惠政策，鼓励外地人来西安买瓜，运输西瓜的车一律免收过路费……购瓜团点燃的爱心之火已呈燎原之势，整个西安笼罩在浓浓的爱意之中。一次购瓜行动，唤起了全社会的责任和爱心，在这个炎热的夏天，购瓜团给西安带来了一片清凉，沁人心脾。

或许是名字太相似的缘故，每次提起购瓜团，总让我想起购房团。虽然只是一字之差，却有天壤之别——购瓜团献出的是爱心，购房团追逐的是利润。平心而论，购房团也是守法经营，按市场规律办事，君子爱财，取之有道，本无可厚非。然而遗憾的是，获取了大量社会财富的购房团，在横扫六合、叱咤风云之时，却少有人尽到自己应尽的社会责任。记得电影《蜘蛛侠》里有句台词："能力越大，责任越大。"真希望看到，哪天购房团也能拿出一掷千金的豪气来，买他几万斤西瓜。到那时，"仇富"一词自然就会寿终正寝。正如瓜哥所说，拯救西瓜就是拯救我们自己。

　　当你坐在舒适的房间里，感受着空调的清凉，可曾想过，有人此刻正在烈日下挥汗如雨，为的只是一个最简单的生活目标；当你为西瓜越来越廉价而窃喜时，可曾想过瓜农心里的苦涩？不错，我们目前无法消除贫困，可是永远不要忘了，我们所拥有的一切都是社会赐予的，没有和谐社会，就没有我们的幸福生活，帮助弱势群体既是爱心也是责任。罗伯特·勃朗宁曾说："把爱拿走，我们的地球就是一座坟墓！"是的，社会需要爱，有爱才有和谐。

红粉笔

◎ 朱胜喜

15年前，我18岁，中专毕业后，没能如愿地留在城里的小学任教，而是被安排到鄂北山区一贫困小学教书。

从到学校报到的那天开始，我就对这所贫困小学显露出厌恶的情绪，虽然学校唯一一位老师也是校长的刘老师和全校9名学生对我百般照顾，但还是未能打动一心想返城的我，反而多次找机会刁难他们。

一个星期六，刘校长到乡里开全乡教育会议了，在给这9名学生分年级上课时，我对没有红粉笔写汉语拼音大为恼火。因当时学校只有一瓶红墨水，只能用来批改学生作业，不能用来染红粉笔。

9名学生见我在土垒的讲台上发冲天大火时，一个个睁着大眼睛不知所措。

学生们怯怯的眼神，没有让我的无名大火减少半分。最后，我将白粉笔往讲台上一扔说，没有红粉笔写汉语拼音，放学。说完径直踏上乡里通往城里的班车。

星期一上课时，我惊奇地发现，在讲台上竟有9盒鲜红的粉笔。望着红粉笔，我得意地笑了。

上完课，我向刘校长打探红粉笔的来历。刘校长嗫嚅半晌后说，9个孩子为了不让你发火，回家都让母亲杀了正在下蛋的鸡、鸭，这些红粉笔是用鸡、鸭的鲜血染成的。

我听后，身子一震，忙跑回教室拿起红粉笔一闻，果真有些血腥味，我自惭的泪水顿时涌了出来。

从这以后，我每次回城，都不会忘了用自己的工资为学校带回些教学工具，直到学校撤销前，我再也没有提出调离的要求。

常辉法师的家事

◎ 杨如雪

你看是人间地狱，我看是菩萨道场；你眼里的茅屋，在我眼里是宫殿；丘陵坑坎，污秽臭浊，我看统统是净土。

一

对出家人的印象是很古老的：敲木鱼擅钟，诵经念咒。直到10年前，一个很偶然的机会，我认识了一位正宗的出家人——常辉法师。

还是被本地晚报的记者朋友骗去的："去爬山玩。"去了才知道，爬山没错，玩得却不轻松——一个个山村走过去，资助特困家庭和孩子。

这活动已经做了好几年了，发起者就是常辉法师。每月一两次，每次资助一两百名贫困学生，大部分是孤儿。

县里报上来的孩子名单，常常有五六百人之多，所以资助前的工作之一，是在一大堆档案中做筛选，把比较起来情况"不太惨"的孩子淘汰掉。我后来做过一次这工作，想到某个孩子会因为自己的手而得不到资助，感到很残忍。

那位记者朋友悄悄告诉我："常辉师父身世很苦，也是个孤儿，很年轻就出家了，出家的誓愿，就是救助天下所有失去父母的苦孩子。"

当时听了，心里一热。

河北太行山区因为地形特殊，土地贫瘠破碎，很多地方缺水，靠天吃饭，道路不通，造成贫病家庭多，孤儿、智障精神疾患也多。

二

10 年前的那次救助活动可以称作终生难忘——

雨雪交加，山路泥泞，我们走访一户户救助对象；身怀巨款，却要按常辉师父规定的住最便宜的 10 元以下的小旅馆；吃饭不能浪费，吃剩的咸菜和半块馒头只好藏口袋里；因为没时间上厕所，不敢多喝水，每个人都是一嘴燎泡，说话就疼，走到哪里还不能当哑巴，还得问详细情况，说个不停。

午饭时，我踩到一个软东西，黑褐色，毛茸茸的，翻开还有一个破洞，让大家瞧，都摇头。常辉师父拿过来拍一拍，扣到光头上，一言不发径直走了——原来是师父的帽子！

返回时发现记录资料的小本丢在一个小学校，步行回去找，半路上被刚资助过的一户人家的疯女人狂笑着追。有人"捡"到一个八九岁的男孩，穿得倒不薄，可是敞着怀，没扣子。

常辉师父拿了一件军大衣把这个男孩从头到脚包起来，整个一团抱着放到面包车副驾驶座上。

半个小时后，准备了钱、衣物和吃的，送这个刚被焐暖和的小孩回家。小孩的母亲瘫在床上，背部都烂掉了，父亲半瞎，房顶将塌。

回来的路上，师父问大家："有什么体会？"有人默默落泪，有人感叹："像到了人间地狱。"

师父微笑："你看是人间地狱，我看是菩萨道场；你眼里的茅屋，在我眼里是宫殿；丘陵坑坎，污秽臭浊，我看统统是净土。"

心净，则国土净。

三

常辉师父做慈善最早住的地方，是石家主郊区的上京村，后来搬到小安舍村的一片荒地。被常辉师父精神感召的几位义工，帮忙盖了几间冬冷夏热的简易小屋。

"要是说盖庙，很多人觉得功德无量，多少钱都有人捐；要是让他拿钱帮助孤儿和穷人，就含糊了。"

常辉师父对盖庙没兴趣。师父的湖北老家庙宇兴盛，他却青睐河北的贫困山区。

一个人的因缘真是奇怪，也真是不可思议。

常辉师父干的事，费力不讨好，教内人士认为他不好好修行，教外人士又觉得这个和尚疯疯癫癫。

常辉师父用一句话回应："我与穷人历劫缘。"

这句话被广为传颂。外地的爱心人士开始往石家庄这边跑，亲身体验常辉师父的"救苦救难修行方式"，参与支持师父的慈善事业。

一劫是多少亿万年？常辉师父不想去极乐世界，要生生世世和这些穷苦的人在一起。

有两位伟大的女性，影响了常辉师父的早期人生：一位是台湾的证严上人，另一位是特蕾莎修女。

证严上人的慈济精神，是一盏温暖的灯。

提起特蕾莎修女，人们马上会想到：无论世人怎样，都要爱他……

常辉师父的慈悲，也是从无任何条件："无论什么原因，落到这种地步，都不要多问，先帮了他再说……"

常辉师父从佛经佛语里找到四个字，和他现在做的事很符合，这四个字就是"喜舍行愿"。

很欢喜地舍，很欢喜地行，很欢喜地愿。

舍、行、愿，每个字都包容另外两个字，都有一种爱的力量，加上喜字，就成了不求任何回报的爱的力量。

清癯的脸，典型的清瘦的圣徒体形，灰色海青长袍，冬天套个粗布棉坎肩，经常忘了刮的小胡子，为与他"历劫缘"的人呼吁奔走，来去匆匆。

看似辛苦劳累的生活，其中却有无上醍醐甘露味。不在其中，谁能品到？

四

今年 43 岁的常辉师父，以全国佛教协会常务理事的身份，完全可以在一个条件好的寺院清修，享受信徒供养，过安闲日子。

常辉师父却说，为穷人苦人服务，是他的生活方式。在这个服务过程中，他自然会"年年无量寿，月月琉璃光，日日观自在，时时妙吉祥"。

光听常辉师父随口吟出的这首偈子，便知西方极乐世界不过如此。

1995 年，常辉师父成立了慈善会，做善事有了专业资格。

修桥，铺路，打井，和香港慈辉基金会联合，联系当地民政部门配合着一起做。钱由常辉师父负责募集，政绩是当地政府的，两头都欢喜。

"钱是十方来，十方去。"常辉师父见人就"抓"，"特别需要爱心人士，去一村村考察，一户户落实，把钱花到最该花的地方。"

我给常辉师父"抓"过一次，去抗日小英雄王二小的故乡保定涞源山区考察。去时遇修路绕道，村民强索过路费，回来时前方车祸堵车五六个小时，半夜才到家，又冷又饿又伤心难过。

几天考察下来，县、乡、村三级报上来的申请救助对象情况属实，问题是太属实了，悲惨故事看得太多，心情大恶，噩梦不断，发高烧。

烧退了，想起常辉师父的一句话："这个工作，慈悲又残忍。"

神经太脆弱是不行的。神经脆弱，坏事做不了，好事做不好。

五

有一阵子不敢去了，慈善会贾主任打电话："也不帮帮忙，师父穷得要卖画呢。"

很不理解，出家师父虽不讲究生活享受，手头也不会太拮据，何至于穷到卖画，不是有那么多捐款吗？

贾主任说："师父说善款是专款专用，因果分明，必须尊重捐款人的意愿，譬如捐款人说明是打井的，就不能用来修路，虽然都是善事……"

听起来真新鲜，出家人做事，这么一板一眼。

贾主任继续说："咱们这儿的工作人员，有的经济条件好，纯义工；有的没任何收入，却要没日没夜地加班。师父自己愿意当牛做马，也要让跟着他的人过得去是不是？就是不吃不喝生病了也要买药吧？所以居士们给师父个人的供养，师父就拿出来给没收入的工作人员发点生活补贴。"

很同情这位师父，原来出家这么难这么苦啊，出家了还要绞尽脑汁换钱给别人发工资。

贾主任埋怨："估计是居士供养的钱用完了，这两天急了，也不顾胃疼了，半夜里点灯熬油地写字画画，说让居士们买来结缘呢。好多居士喜欢师父的字画，平时捞不着，这下可好，价钱又便宜，排着队来要……"

我听了心里很不安，因为我也要过师父的字。常辉师父很大方，送我一幅字一幅画，那幅画描绘的是人间净土，多半的工笔，一天的工夫是画不出来的。挂在客厅里，工作累了偶尔回头看上一眼，心里很是清净。

再见到常辉师父的时候，表达了这种不安。师父说："那就办个孤儿院吧。"

一时没听明白，让谁办孤儿院？

"你，还有他，你们。"常辉师父指着在场的另几个来捐钱捐物的爱心人士，"你们每家养五六个孩子，没问题吧？钱不够我全包了。三四个也行，给这些没爹没娘的孩子一个家，舍得吗？养一个也行啊，教育一下自家的小霸王，先试试？"

没有一个人敢担当回应，大家只是互相瞅着苦笑。

有一位中年女士说了实话："对不起师父，我自己有孩子，拿点钱可以，但我不能全心全意地付出，去爱别人的孩子。"

师父只是沉思着点点头。

六

2004 年下半年，常辉师父建了弘德家园，宗旨是弘扬传统美德，建设仁爱家园。

"虽然是孤儿院，但咱们就是不叫孤儿院。家园是孩子们自己的家。"

弘德家园分为石家庄家园、保定家园和廊坊家园，孩子从上学前班到上中学的都有。这些孩子成分复杂，有流浪儿，有大街上讨饭的，有弃儿，都是常辉师父和工作人员一起，一个个亲自接来的。

还有一些孩子虽然有父母，但父母或疯傻或重病瘫痪，或父死母改嫁再不回来，常辉师父说这样的孩子叫"事实孤儿"。

要求来的孩子太多，一开始定的标准是：身体健康，学习好，品德优秀。

山区很多老单身汉娶不起媳妇，就收养一个女婴准备养老，但往往女孩还没长大，养父已经年老多病甚至死亡。女孩在颠沛流离的成长过程中，很容易受到人身侵犯。

受过侵犯的女孩子，成年后的生活压力和童年阴影互相影响，会形成隐性精神疾患，一旦遇到疾病灾难，隐性精神疾患就会暴露出来，糟糕的会彻底疯掉。

在偏僻山村，这是很残酷的、公开的事实，大家都心照不宣。常辉师父为此很痛心，反复叮嘱工作人员，遇到这种情况，即便孩子一般，也要想办法接来。

城市里开销大、费用高，每个孩子的生活医疗学杂费加起来，一年至少需要 5000 块钱，将近 300 个孩子，是笔不小的开支，很多人为常辉师父发愁。

常辉师父说："我好歹算个出家师父，出家师父吃十方，首先饿不着我吧？饿不着我，就饿不着他们。只要饿不着，再学点东西，就比在从前的家里强，比在大街上流浪要饭好，将来他回忆起来，也算是曾经有过一个家！就是出去打工也能养活自己，不依赖于他人。不求他们的学习多么一流，只希望他们做个人格健全对社会有用的好人。"

家园就这样一天天跌跌撞撞地往前走，4 年过去了，大点儿的孩子已经上大学了，还有的工作了，新的孩子被吸收进来，开始了良性循环。

七

常辉师父有三个嗜好：书、画、棋。据说他年轻刚出家的时候，这三样哪一样看见了，都挪不开步。做慈善十几年，字画渐渐戒掉了，除了有两回闹穷，需要挥毫泼墨请财神爷帮忙。

现在还有棋没有彻底戒掉，偶尔，周末晚饭后，常辉师父会走到院子东头，和孩子们下一盘技术不对等的棋。孩子们团团围着，有席地而坐的，有拽胳膊攀肩膀的，这个时刻是家园欢乐的高潮。

师父总是故意出错相让，让到无可退让，有小孩子急得大叫："师父，笨蛋！"大孩子马上纠正："你这笨蛋！不能说师父是笨蛋！师父里面没有一个是笨蛋！"

家园除了几位管理老师，园长是孩子们自己选举产生的，学习、卫生、纪律、财务支出等负责人也是孩子，大小事均投票决定。

家园创建初期，闹过很多笑话。一个小孩子生病住院，常辉师父给这个孩子在外面买了几回吃的，引起负责财务的女孩子惊怪，大声嚷嚷："师父，您这个败家子！一个星期就花了一百多块！要是再这样乱花下去，我看咱们这个家就彻底完了！"

后来孩子们开始每天诵读《弟子规》（《弟子规》是家园的"治家宪法"），和常辉师父说话不再那么没大没小了。但是财务更严格分明，捐的物品先入库登记，再统一分发，连最小的 4 岁孩子小三儿，对满桌的好吃的，馋死了也能克制住不动手拿。

"如果只有一粒糖，就放到锅里煮粥，这样所有人都尝到了甜蜜的滋味。"

八

白天孩子们都上学去了，院子东头的家园安静下来，西头的慈善会开始热闹起来。每天，随时都会有人来求助，很多人是经"高人"指点找上门的。

这些人一般情绪激动，却言辞不畅，来这儿之前，碰过很多壁，可以说是走投无路，求生欲望强烈，求助之心迫切，而且动不动就要跪下来叩头，扯着胳膊拉着手啼哭。最后一招，令人防不胜防。

他们不知道出家师父是不能动手拉扯的。常辉师父也没这些禁忌。

这就是常辉师父的慈悲道场。

常辉师父对工作人员说："听到苦难的倾诉，就像聆听佛语经书；看别人脸上滚下来的泪珠，和念佛的珠子一个样；被拽胳膊扯袖子，岂不成了千手观音？电话铃声早晚都丁铃铃响，是警醒咱们的晨钟暮鼓啊……"

有个被硫酸毁容的女孩子，做了很多次手术才保住性命，外貌自然是很可怕的。

常辉师父说："她是大慈大悲的观世音菩萨化身来给我们看的，观音菩萨让我们救她的同时，也救了我们的慈悲心，不然，我们的慈悲心就死掉了。"

还有一个女孩，生下来下巴就开始往回收缩着长，以至于嘴巴也收缩，无法吃饭。手术后钢钉穿过两边腮骨，剧痛难忍。

白血病、癌症、尿毒症患者、打工发不了工资回不了家的人、迷路的失忆老人……在医院，我们看到的人还有钱，起码能借来钱住院；在慈善会，看到的多是哀告无助活活等死的人。

你来找我，随时欢迎；你不来找我，我就去找你。雪灾、地震、干旱，每有天灾人祸，慈善会就会接到好多电话，常辉师父的日子也几乎被推着逼着往前走，慈善会的足迹也越来越远。

常辉师父说："环境恶化，大病怪病越来越多，提醒我们，难道这里面就没有我们的责任？"

不止一个人问到这个问题：为什么我们要帮助那些患绝症的病人？为什么我们要费尽财力、物力和精力，去呼吁网上募捐，去救一个也许活不过今夜的人？

还有那些鳏寡孤独，定期派发米面只是延长了他们的痛苦而已，有何意义？

常辉师父说："谁人不会死？我们生下来，哪个不是将来肯定要死的人？

"帮助绝症病人，让他在爱中死去和无人照管在凄凉无助中死去，是不一样的。死得像一个人，而不是像一个鬼。人应该是感恩的，鬼是充满怨恨的。

"帮助病人的家属，使他们不至于精神崩溃。

"最后帮助我们自己，成就我们的善行，完善我们的人格。让我们的心变得柔软，温度适宜，随时随地，撒下爱的种子，就能成活。"至于那些鳏寡孤独，如果他们是你的亲爹亲娘，你还会认为帮助他们没有意义吗？"

有时候并不需要多少钱，一句温暖的安慰，一次陌生的探视，病魔控制的阴暗世界就会崩塌。

九

莫忘世上苦人多。但还是有很多人不知晓，甚至不相信这些苦难的存在，用妄心分别救助的对象，争执救助的意义高下。

弘德网站记录了一个出家师父的家事：凵离自私自我的小家，担当起觉悟人生奉献人生的大家，把所有受苦受难的人当做自己的家人，在世间琐事中一路修行过去。

常辉师父的喜舍行愿，正被越来越多的人认同。在这里，有信仰的和没信仰的，都欢喜地来，欢喜地舍，也欢喜地得到。

爱心人士和救助对象之间的感人故事很多，很有必要整理记录，常辉师父曾问我能不能帮着做这项工作："到水深火热中体验生活吧。"

我做过编辑，深觉干这一行是苦差事，慈善活动偶尔参与一次可以，思想觉悟还没到完全投入的程度，就说了一句话，一句让我什么时候想起来都很惭愧很内疚的话。我说："师父，您请不起我。"

真是想起一次，就难过一次。

后来都是从别的义工那儿听说常辉师父最近在做什么。一位老义工，埋怨师父不珍惜居士们供给他的东西："走哪儿丢哪儿，很好的羽绒服，转手就送人；上千块的保暖内衣，出趟门就没有了，好像遭贼抢了一样。俺们也是省吃俭用，买多少也不够他送的，不买，又总是鞋儿破帽儿破，看着寒碜不庄严……"

听得人直想笑。这个和尚，本性如此。身无长物，不喜攒东西，从无个人私蓄，贼抢的可能性不大，八成是主动送给"贼"的。

常辉师父谆谆开导："最头疼别人关心我的生活细节。师父就一个肚子，能吃得了你送的那么多东西？有这份心，去给更需要的人，我会更高兴。岂不闻帮助别人，就是庄严自身！"

一个人的美与不美，真的不在他的外表，而在他所行的事。

老义工又说："谁找师父，什么时间找，好像都是应该的，师父好像欠着所有人的！生活不规律，不按时吃饭，老病犯了，吐血了。慈善会专门为这个病开会形成一项决议，研究怎么治疗，想把师父管住，可师父怎么肯听？"

这个消息令人难过，忍不住跑去，心想要是再不去，这辈子也就无颜再去了。久不见了，常辉师父在人群中蓦然回首，好像昨天刚见过似的，大声说："好，写文章的老师来了，去给孩子们讲讲怎么写感恩信吧。不要写大话空话套话。多讲讲，赶紧讲。"

十

都以为常辉师父没有烦恼，没有情绪波澜，但有人说曾听到过常辉师父走进办公室，以为没人，拍桌而叹："愁死师父了，累死师父了。"静默片刻，大步走了出去。

听到的人屏息，不敢搭腔。谁也替不了他，他硬要把众生的苦厄套到脖子上，像老牛般拉着往前走。

有人问常辉师父："师父，您一天工作多长时间？"

师父说："从白天到晚上。"

从白天到晚上，从晚上到白天，没有周末，没有假日。救助苦难，是世俗事，也是常辉师父的本分家事。

常辉师父的偶尔愁忧，也有我辈不能体察的人生至乐吧。

这是我的责任，

也是我们的责任，

只为不辜负乡亲们的厚望

和孩子们的掌声。

一生终于一事 /

重走乌蒙

◎ 殷浩哲

2006年11月20日，我随上海团市委的老师及东方卫视《看东方》节目摄制组，回到离开一年多的贵州省大方县黄泥乡，回到2005年7月我所支教的地方——新寨小学。短短几天，我重温了那段艰苦却又充实的支教历程，以及那份难忘的辛酸和感动。我心中洋溢的，是无以言表的感激；肩头，则是沉甸甸的责任。

重温

11月20日晚上10点，在泥泞的山路上，车辆几次遭遇险情，等到了黄泥乡，每个人都已出了一身冷汗。第二天一早，乡政府的越野车送了我们一个多小时之后，司机说："剩下的路就只能步行了。走得快些，大概要3个小时。"

我们下车，卷起裤子，背上沉重的背包。

走了一段山路以后，远处出现了一队似曾相识的身影——一年前，当我在山路上踌躇的时候，就是他们"夺"过我肩上的背包，把我送到了新寨小学，而今天，又是这些热情淳朴的人们，背着背篓，冒着大雨，来迎接山外来的"客人"。三个多小时后，我们来到了新寨小学。一切都是那么熟悉，几个认识我的孩子跑过来和我说话，抢着帮我拎包，还是那样的淳朴可爱。

下午教孩子们唱《歌声与微笑》，我一句句地教，孩子们一句句地跟着唱。看着一张张天真无邪的小脸，我的眼睛湿润了。或许，他们从出生起就没有穿过新衣服，没有见过山外的世界。但是，贫穷不可能把人打倒，更不可能磨灭一个人改变自己命运的顽强意志！

感谢

金老师拿出一本《读者》（原创版）杂志，讲起我的支教日记发表后带给这里的改变。

先是内蒙古的多素瑜先生提供了几个孩子上学的费用；随后，广东的方革平先生资助了 3 个孩子；上海的王新敏女士资助了 12 个孩子；黑龙江的吴秀红女士也资助了几个孩子。上个学期，北京的丁政先生替 50 多个孩子交了书费和学杂费；江苏的邵军先生联合了几个朋友共同提供物质援助。此外，新寨小学还收到了大量来自全国各地的信函、衣物以及学习用品；一些看过支教日记的企业家和慈善人士还专程实地考察，以确定资助名单和资助金额，很多孩子得到了"一对一"的资助。新寨小学的学生已从原来的 73 人增加到 110 多人，老师从 2 名增加到 4 名，并新增五、六两个年级。

教室也增加了两间，一间是金老师的父亲腾出来的，另一间是重庆的朱曼女士捐资修建的。

金老师向我表示感谢，我能说什么呢？我只能说，感谢《读者》（原创版）——这个中国主流杂志以高度的社会责任感关注教育，关注西部，关注民生，让新寨小学——这个隐没在大山中的学校能够得到社会的关注，让那些贫困的孩子能够被众人所知。感谢千千万万的好心人，正是你们悲天悯人的情怀，才使得这些渴望读书的孩子走进学校拿起课本，使他们的生活充满了阳光和希望。

心酸

21 日下午放学后去家访，我选择了一个名叫付顺先的孩子的家。

选择付顺先十分偶然。孩子们放学站队的时候，我发现在一年级的队伍里，有一个瘦弱单薄的小姑娘，在贵州只有 7℃ 的初冬，穿着"千疮百孔"的单褂单裤，脚上的鞋子基本只剩下鞋底。陈婕老师说，付顺先的妈妈在她出生后 6 个月就去世了，她和爸爸相依为命。当地人均年收入不足 100 元，而一个孩子一年的学杂费就要 150 元，家里能供她读书已经很不错了。听了陈老师的话，我决定去她家看一下。

走了大概半个小时的山路才到付顺先家——不过是一间简陋的土房。我们搬了条长凳在屋外坐下。

付顺先站在那里，小脸冻得煞白，吸溜着鼻涕，怯怯地望着我们。她皲裂的小手缩在袖子里，两条腿在快破成布条的裤管里不停地发抖。

我翻出包里带的毛衣给孩子穿。解开她褂子的纽扣，我呆住了——她贴身穿着的很小的破旧线衣，胸口部位已经破了个大洞。同行的徐龙海老师紧紧地抱着她，失声痛哭。

他摸出身上带的 100 元钱，硬塞给付顺先的父亲，让他无论如何也要给孩子买件过冬的衣服。我一点点地把毛衣给她套上，痛苦也在一点点地吞噬着我的心——她的上学问题是解决了，可在这样的生存状态下，如何安心学习！

回去的路上，大家都没有说话，默默地走路，每个人的眼里都含着泪……

感动

花白的头发，布满皱纹的脸庞，粗糙的双手，又脏又破的围裙，满是泥巴的布鞋……那位七十多岁的老大娘住在另外一座山上，听说"上海来人给新寨小学拍电视"，就带着家中仅有的 10 个鸡蛋，在险峻的山里走了一个多小时的夜路，专门赶了过来。

见到我们，老大娘不好意思地在围裙上搓着双手，说："你们可一定要收下啊！这都是新鸡蛋，一路上我怕它们掉了，都在怀里焐着呢！"我们坚决让她带回去，她扔下一句"娃娃们是来帮我们的，不能让他们受苦"，就急急地走了。看着这 10 个鸡蛋，我们心里很不是滋味。

我们为这里做得还太少，而他们，却执意回报我们很多很多……

第二天早晨，房东大嫂把炒鸡蛋端上饭桌，可大家只吃辣椒和面条，谁也没动那盘炒鸡蛋。大嫂看看我们，又看看那盘黄澄澄的鸡蛋，叹了一口气……

责任

22 日下午，我们要下山了。

陈婕老师的眼泪流了下来："姐姐，你这次回去，什么时候能再来？"房东大嫂的眼圈红了，拥着我的肩膀，不停地说着"谢谢"。

全校学生集合起来，列队欢送我们。金老师让我给大家讲几句话。

我登上土坡，看着孩子们和那些可爱可亲的乡亲，泪水夺眶而出。我说："去年 7 月在新寨小学的支教生活改变了我的人生轨迹。当我看到同学们在那么艰苦的条件下还坚持学习，看到金老师全家为办好新寨小学付出的牺牲与努力，看到各位老师兢兢业业、不辞劳苦地工作的时候，我知道，我有责任、有义务让全社会都知道——在遥远的贵州，还有一个新寨小学；在中国的西部，还有许许多多的'新寨小学'，那里的孩子们，需要帮助！"

掌声雷动。110 多个孩子齐声说："谢谢老师！"

是的，这是我的责任，也是我们的责任，只为不辜负乡亲们的厚望和孩子们的掌声。

孩子，请仰望星空，大声说出你的梦想

◎ 湖 西

去年，从"久牵"走出来的女孩王新月被世界联合学院（以下简称：UWC）录取，并获得全额奖学金。19 岁的王新月开始了在世界联合学院（加拿大的皮尔森学院）学习两年的人生经历。

出国留学在这个年代并不稀奇，但对王新月却意义非凡——她来自外来务工者家庭，之前就读于上海一所职业高中。她所能够预想的未来，大概只是成为一名普通的打工妹。

王新月是 UWC 在中国招生以来第一个获得全额奖学金的农民工子弟。2012 年，又有一位农民工子弟张海萌获得 UWC 的全额奖学金。同样，张海萌也来自"久牵"。

这样的机会，是两位女孩早先做梦都不敢想的。

是"久牵"的张老师帮助她们仰望星空，给了她们触摸梦想的机会——最初，张轶超得知世界联合学院每年在中国招收25名学生会，立即张罗送王新月去北京读托福住宿班，安排英文老师为她"开小灶"，甚至请来瑞士籍人类学博士乌郎帮她强化练习。王新月在众多重点中学的尖子生中脱颖而出，成了第一个获得此机会的外来务工人员子女。

王新月和张海萌的成功让这些孩子看到了另一种人生可能。

在别的孩子眼中，王新月、张海萌都是小概率的幸运儿——张轶超同样持这样的观点。

在他看来，"久牵"不仅仅是个合唱团，还是一个可以让孩子们做梦的地方。他要让每个孩子都去追求自己的梦想。

弹钢琴的女孩

在"久牵"的孩子们中间她毫不起眼，不调皮，也不机灵，她的穿着很朴素，头发也总是乱乱的。

张轶超注意到她，仅仅是因为这个女孩老是去碰钢琴。

上小学四年级的她从来没接触过钢琴。那时候在"久牵"的孩子多，都很调皮，老师说谁都不准去碰钢琴，可是只要趁老师不注意，这个女孩还是会用力按一把钢琴，弄出巨大的声音，吓所有人一大跳。

她叫吴子璇，老家在江苏徐州，妈妈是保洁工人，爸爸是建筑工人。在学校里，吴子璇总是不声不响，学习成绩不高不低。除了练合唱，她几乎每天都会来"久牵"跟着老师学弹钢琴，过了一段时间，她就自己摸索着练习弹琴。孩子很多，吵吵闹闹的，张轶超后来发现，别的孩子都走了，她还在那里弹琴。

有一次，她忽然找到张轶超，说："张老师，能不能请你录一首曲子传给小徐老师？"

小徐老师是教钢琴课的志愿者，不久前去美国结婚。临走时，她给了一个曲谱让吴子璇练习。

张轶超打开手机的摄像功能，然后吴子璇坐在钢琴前面开始弹奏，一曲《梁祝》就像水一样流淌出来，当时就把张轶超感动了。

张轶超惊讶极了，好像重新认识了她。

要考试了，学习压力大，别的小孩就会权衡利弊，或者不来参加"久牵"的合唱训练，在家复习功课，但吴子璇照常过来，在那里不紧不慢地练琴。

"吴子璇，你怎么还不回去啊？"张轶超问她。

"啊？"她懵懵懂懂地抬头，这时往往已经10点多了。

在张轶超的记忆里，练琴会忘记时间的人，她是唯一一个。张轶超后来观察到，她不懂得讨好别人，也不会说乖巧的话，平常都是在默默地弹琴。

3月1日是张轶超的生日。2012年的那一天，很多小孩子给张老师送了自己做的卡片。吴子璇说："张老师，我也送你一件小小的礼物，你一定会喜欢的！"

张轶超很惊讶：她什么时候变得这么自信了？

她弹了一首钢琴曲，那是一部美剧的主题曲——她会自己配伴奏了。

张轶超很感动。

他的感动不仅是因为她弹得有多好，更是因为想起了她 6 年来点点滴滴的成长。

张轶超说，面对这样一个单纯又执着的孩子，你会情不自禁地想要去帮她，支持她去追求自己的梦想。

为了参加中考，她不得不回老家去。其实她不愿意离开上海，离开"久牵"。

走之前她来问张老师有什么办法可以不回去。

张轶超说："如果要考高中，你还是得回去。"

她说："如果我给上海市市长写信，是不是就可以留下来，参加这里的中考？"

张轶超心一酸，只好说："那你试试看好了。"

他是随口一说，可吴子璇真的给上海市市长写了一封信。

张轶超无语了。

他对她说："吴子璇，只要你真的喜欢弹琴，不管你以后能不能考上音乐学院，你总有办法继续弹琴。你不一定会成为钢琴家，但是钢琴一定会成为你一辈子的好朋友。"

这样说的时候，张轶超相信，吴子璇的未来一定会好，因为在这个社会里，一门心思只朝着一个目标走的人是很难得的。

从吴子璇的身上，张轶超知道了什么叫执着。

做蛋糕的女孩

前不久，"久牵"搞了一个庆祝会，庆祝一个叫王莉的孩子成为"久牵"第一个毕业并找到工作的学生。

张轶超特意订了个蛋糕，跟她说："王莉，希望下次我们开派对的时候能吃到你亲手做的蛋糕。"

王莉微笑着大声说："张老师，我做的蛋糕肯定比这要好吃得多！"

他为这个女孩感到自豪，尽管也许在许多人眼里，她只是一个在面包店打工的。

2011年五六月份，读初三的王莉跟大多数外来孩子一样，面临3个选择：要么回老家考高中，要么留在上海读中专或职业学校，或者干脆就去打工。她家的经济条件不允许她继续读书，所以，对王莉而言，唯一的出路就是打工。

不过，这个在"久牵"学习画画和扬琴的女孩子并不愿意就这样被推向社会，去走一条父母走过的老路。

刚好在这时，海上青焙坊（SYB）正在招生——这是一家专门为贫困学生提供免费且专业的面包烘焙技术培训的公益机构。得到消息后，张轶超就鼓励王莉去报名。然后，她被录取了。

王莉脸上总是带着一丝甜甜的微笑。

一年后，王莉已经掌握了各种烘焙技巧，成为一名面包师了。

这时，她又一次面临选择——SYB有个去法国继续免费学习一年的机会，但条件是回国后要作为SYB的培训师服务三年。以王莉的条件很有希望争取到这个机会。

不过，她放弃了。

张轶超问她："你为什么不去申请呢？"

她还是微笑着回答："因为我不想去啊。"

"这么好的机会，为什么要放弃呢？"

"我就是想学做面包，然后做出大家喜欢的面包，别的我没有兴趣啊。"

"去法国不就是学做面包吗？"

"在这里也可以学啊！"

张轶超很惊讶，好像第一次认识这孩子一样。既然出国不是自己的人生目标，那么不去法国也就谈不上放弃了。

很多人认识不到这一点。张轶超很欣慰的是，这孩子正走在属于自己的道路上。

后来，王莉正式从 SYB 毕业了。她还是每周来"久牵"上扬琴课，还是一如既往对每个人微笑。同时，她拥有了人生的第一份工作——在一家面包房做西式糕点。

有一次，张轶超在"东方直播室"接受采访时说："我引以为豪的，不仅仅是那两位出国的女孩——如果那样，'久牵'就不过是家沽名钓誉的培训机构。相反，每个孩子都让我引以为傲！

因为他们独立、自信，能够用自己的语言去说出自己的梦想。"

张轶超举的两个例子，一个是给市长写信的初三女孩吴子璇，另一个就是面包师王莉。

他想告诉每一位"久牵"的孩子——仰望星空吧，孩子！大声说出自己的梦想，每个人都有属于自己的一方舞台。

他们就像一株株小草，

无声息地生，无声息地灭，

只有大自然是他们生命曾美丽绽放过的

唯一见证者……

～～～～～～～～～～～～～～～～～～～～～～～

一生终于一事 /

有多少人在等待桃花盛开

◎ 邱长海

　　春风一吹，我们楼前的几株桃树打了苞儿。每次望向那些含苞待放的花朵，我的心总会一沉，它使我想起了东北的一个小姑娘。

　　2002 年的秋天，我所供职的报社搞了一个名为"走进 56 个民族家庭"的专题活动，第一站就是东北。当我们日夜兼程地赶到鄂伦春族的聚集地，一个叫作"小二沰"的偏远小镇时，天已经黑透了。一路劳顿，大家一下车便到小镇唯一的旅馆里倒头大睡。

　　第二天一早，天才蒙蒙亮就有人来敲门。那敲门声很微弱，也很执着。我气急败坏地打开门正想发火，却看到一个怯生生的小姑娘。她是这里的服务员，来打扫卫生的。说不清为什么，在看到她的一刹那，我的怒气已经全消了。

　　旅馆不大，生意也不怎么好，她也就有了很多空闲的时间。这时候，她总会搬个小板凳坐在大路边看我们工作，看来来往往的行人。偶尔我们需要人手,她也会主动上前帮忙。一来二去,我们就混熟了。她告诉我她叫陈紫,16岁了,对外面的世界很向往,因为她从没出过小镇。

这个小镇离最近的县城莫力达瓦也要二百多公里。这二百多公里对于我们这些久居城市的人来说并不远,但对这个小镇里的居民来讲,却是一段不小的距离。因为这里的路并不是高速路或者一级路,而是崎岖坎坷的自然路。所以,这里祖祖辈辈没有出过小镇的人不在少数,陈紫并不是一个特例。

一个一辈子从没走出过小镇的达斡尔族老人给我们讲述了他们对"路"的感情。在这里,有一个传统,即大家闲暇的时候,都会到几个出过小镇的老人那里去,听他们讲外面的事。尤其是路,出山的路。偶尔有谁从外面回来,他的家里总要聚集很多很多的老乡,向他打听外面的人或事,当然,最重点的还是路,人们总是不厌其烦地听。

陈紫毕竟不同于他的父辈,外面精彩的世界已经通过电视传递到她的视野里。但她非常渴望能亲身经历一下电视中描绘的生活,体会一下别样的感受。我们到小镇来的那天,陈紫听说外面要来记者,激动得一宿没睡好,所以,第二天天一亮就来敲我们的门。

陈紫对我们带的数码照相机和摄像机很感兴趣,经过我们的允许,她小心翼翼地把它们挂在自己的脖子上,阳光下,年轻的笑脸写满了灿烂。我们在"小二沟"待了一周，陈紫几乎每天都像过节一样围着我们蹦蹦跳跳。

我们临走之前的那个晚上，陈紫要求我们给她录上一段歌舞。她听说，只要记者给她拍了就能拿到电视里去放，那么就有好多好多的人可以看得到。那晚，她的小姐妹都来看她，一双双亮亮的眼睛里充满了羡慕和期待，让人不敢触碰。

我们开始录了，陈紫跳得特别认真，虽然歌唱得一般，但那毫不加修饰的原生态的甜美声音还是深深打动了我们。

我半开玩笑地说："好好练，到时候接你出去当演员！"小姑娘倒认真了，追问什么时候？"等到桃花盛开的时候吧！"我搪塞着。其实这只是个善意的谎言，我是无能为力的。

如今，三年过去了，桃花开了又败，败了又开，我们始终没有再去过那个小镇。前些天在中央电视台的广告片里看到一个载歌载舞的小姑娘非常像陈紫，瞬时勾起了我对她的想念。回到家，我翻出了那张刻有陈紫表演歌舞的碟片，坐在沙发上静静地看。看着看着，我的眼睛有些湿润了。在那些偏远的乡村里，有多少刘翔、宋祖英、张艺谋被埋没了呢？他们就像一株株小草，无声息地生，无声息地灭，只有大自然是他们生命曾美丽绽放过的唯一见证者……

还有多少人像陈紫一样，等待着桃花盛开呢？